Édition française

Traduction :
Yohan Leclerc

Adaptation graphique :
Clair Obscur

ISBN : 979-10-327-1242-9
Dépôt légal : septembre 2022
Achevé d'imprimer en République tchèque par Finidr

IL VAUT MIEUX NE PAS LE CONTRARIER, C'EST MOI QUI VOUS LE DIS !

UNE FIN NAVRANTE...

BONUS : RUN DUCK BURST. ÇA PASSE OU ÇA CASSE !

LE ROI DU MOONWALK !

ÇA FAIT PEUR...

TO BE CONTINUED...

...
PRIN-CESSE ...
FRSH
!
TAP
JE N'AIME PAS DU TOUT...
CE PILOTE !
PSHH
FLAP
POURSUIVEZ CETTE VOI-TURE !
BIEN, PRINCESSE CALICO !

MOI QUI PRÉVOYAIS DE T'ACHETER DE LA TARTE AUX POMMES DANS LA PROCHAINE VILLE, FAUT PAS Y COMPTER !
HEIN ?! C'EST VRAI ?! EXCUSE-MOI, TRIGGERINOU ♡
HA HA HA !
POURQUOI TU TE MARRES, TOI ?!
PAF
AÏE !
BARREL

LA COURSE ...
C'EST COMME ...
LES RELATIONS HUMAINES !
PARFOIS, IL FAUT SAVOIR RECULER UN PEU...
POUR POUVOIR AVANCER !

PLOF
BELLE IMPROVISATION...
BIEN JOUÉ, BARREL !
OH OH...
DIS DONC, POURQUOI T'ES TOUT ROUGE, TOUT À COUP ?
RAAH...
JE VAIS TE TUER !
SOIS UN PEU PLUS HONNÊTE, TRIGGERINOU !
EH, J'ÉTOUFFE...
M'APPELLE PLUS JAMAIS COMME ÇA !
CRII

JE TE RATTRAPE-RAI PLUS VITE QUE TU NE LE CROIS !
QUAND MÊME, C'EST LA PRE-MIÈRE FOIS QU'ON ME FAIT REBROUSSER CHEMIN !
EN PLUS, VIVE LE DÉTOUR !
MAIS TU M'AS CONFIÉ TA VIE !
MERCI, TRIGGER !
SUGGÉRER UN TRUC AUSSI RISQUÉ AU DERNIER MOMENT...
T'AS DU BOL QUE JE SOIS UN PILOTE DE GÉNIE !
...

REPARTONS À ZÉRO...
REPRE-NONS TOUT DEPUIS LE DÉBUT, TOUS ENSEMBLE !
OUI ...
COMPTE SUR MOI...
TRIGGER...

SUR LE MOMENT, JE N'AI PAS TENU COMPTE DE CE QUE JE PENSAIS ÊTRE LES FANFARONNADES D'UN JEUNE VAURIEN...
ET FACE À VOTRE ARDEUR À LA COURSE, JE N'AI PAS CHERCHÉ À ÉCLAIRCIR CETTE HISTOIRE !
JE SUIS DÉSOLÉ ...
J'AI MANQUÉ...
À TOUS MES DEVOIRS !
...
HA HA ...
NON...
C'EST MOI QUI AI FAILLI !

IL ALLAIT SORTIR DE PISTE ET SE CRASHER...
MAIS J'AI RÉUSSI À ACCÉLÉRER ET À CORRIGER SA TRAJECTOIRE EN LE PERCUTANT...
REVERS DE LA MÉDAILLE, CETTE MANŒUVRE M'A FAIT PASSER DEVANT LUI !
...
COM-MENT ?!
AVANT DE PARLER DE FAMILLE OU DE LIENS...
LE PILOTE COMME L'ÉQUIPE DEVRAIENT COMMENCER PAR AGIR EN PROS !

PEACE-MAKER NE VOIT PRATIQUEMENT RIEN !
AU TOUT DERNIER VIRAGE...
ALORS QU'IL ÉTAIT DEVANT MOI...
JUSTE AVANT L'ARRIVÉE, EN PLEIN CONTRE-JOUR...
L'ARRIÈRE DE SON BOLIDE...
S'EST BRUTALEMENT DÉPORTÉ !

...
COMMENT ÇA ?
IL Y A SIX ANS...
LE JOUR OÙ NOUS AVONS ÉCHOUÉ AUX ÉLIMINATOIRES DU GPB1...
L'ÉCURIE COLT S'EST BÂTIE SUR DES RELATIONS DE CONFIANCE !
UN VOYOU TEL QUE TOI N'A RIEN À FAIRE PARMI NOUS !
TEL PILOTE ...
TELLE ÉQUIPE, ON DIRAIT !
AUSSI AVEUGLES L'UN QUE L'AUTRE !
QUOI ?

BIEN ! AU TRAVAIL, TOUT LE MONDE !!
ENTENDU !
CONTACTEZ IMMÉDIATEMENT UN OPHTALMO !
ET OCCUPEZ-VOUS DES RÉGLAGES DU NOUVEAU VÉHICULE !
OK !
JEUNE MAÎTRE ...
REPOSEZ-VOUS SUR MOI !
PARDON ...
JE N'AURAIS PAS DÛ...
VOUS CACHER LA VÉRITÉ !
...
EN RÉALITÉ ...
C'EST À MOI DE VOUS PRÉSENTER DES EXCUSES !
POURQUOI ?
JE CONNAISSAIS L'EXISTENCE DE VOS PROBLÈMES DE VUE...
DEPUIS LONGTEMPS DÉJÀ !

C'EST SIMPLEMENT LE CHEMIN LE PLUS COURT ...
POUR ATTEINDRE LOSDON !
MERCI...

ALLEZ VOUS FAIRE EXAMINER AU PLUS VITE PAR UN OPHTALMOLOGISTE...
ET REVENEZ DANS LA COURSE !
NOUS N'AVONS PAS...
ENCORE RENONCÉ !
LE TEMPS PASSÉ À VOUS SOIGNER...
NE SERA PAS PERDU...

NE TENTEZ PAS VAINE-MENT...
DE FAIRE TOURNER LES AIGUILLES TOUT SEUL !
FSH
POC
TOUT EST FINI, ALORS...

PER-SONNE ...
NE SOUHAITE UNE TELLE CHOSE !
AURIEZ-VOUS OUBLIÉ LES PAROLES DE VOTRE PÈRE ?
"NOUS PARTA-GERONS TOUS TA PEINE !"
VOUS L'AVIEZ COMPRIS, POURTANT ...
"RECONS-TRUISONS EN-SEMBLE NOTRE FAMILLE !"
CE SONT VOS PROPRES MOTS !

MAIS...
JE N'AI PAS LE TEMPS DE ME FAIRE SOIGNER...
PAS LE TEMPS DE M'ARRÊTER ...
MÊME SI JE DOIS PERDRE DÉFINITIVEMENT LA VUE...
MÊME SI LA RDB DOIT ÊTRE LA DERNIÈRE COURSE QUE JE FERAI...
JE CONTINUERAI À AVANCER, POUR LE BIEN DE LA FAMILLE COLT !
PAF

C'EST FATAL, POUR UN PILOTE...
DANS CES CONDITIONS, NOUS NE POUVONS PAS VOUS LAISSER CONTINUER LA COURSE !
...
AU DÉBUT ...
JE PENSAIS SIMPLEMENT QUE MA VUE AVAIT BAISSÉ...
MAIS MAINTENANT...
QUAND MES YEUX SONT EXPOSÉS À LA LUMIÈRE DU SOLEIL, TOUT DEVIENT FLOU...
SANS MES LUNETTES ...
JE SUIS QUASIMENT AVEUGLE !

COMBIEN ...
J'AI DE DOIGTS LEVÉS ?
PFF ...
ALLONS, CE N'EST PAS LE MOMENT !
JE N'AI PAS LE TEMPS DE JOUER ...
DÉPÊCHONS-NOUS DE REVENIR DANS LA COURSE !
VOUS NE VOYEZ DONC...
VRAIMENT RIEN ?!

JEUNE MAÎTRE !
VRRR
GRAND-PÈRE !
ON A TOUT SUIVI GRÂCE À LA RADIO !
VOUS ALLEZ BIEN ?!
TAP
ÇA VA ...
NE VOUS INQUIÉTEZ PAS !
PRÉPAREZ TOUT DE SUITE UN NOUVEAU VÉHICULE !
ON A DÉJÀ PERDU 48 MINUTES...
IL FAUT REPARTIR AU PLUS VITE !
TOUT D'ABORD ...
IL Y A UNE CHOSE QUE JE SOUHAITERAIS VÉRIFIER...

AH, ÇA...
DEPUIS NOTRE PREMIÈRE RENCONTRE...
LORSQUE TU N'AS PAS RÉUSSI À ME SERRER LA MAIN !
AU FAIT... TU AS DIT QUE C'ÉTAIT LA DEUXIÈME FOIS QUE TU LUI SAUVAIS LA MI...
HIIIIII !
GH...
NE DÉMARRE PAS SI BRUSQUEMENT ! JE ME SUIS MORDU LA LANGUE !
T'AS QU'À LA BOUCLER UN PEU !
AU REVOIR !
VRRRR...

N'IMAGINE PAS QUE JE VAIS TE REMERCIER !
M'AVOIR AIDÉ AUJOURD'HUI NE LAVE EN RIEN L'AFFRONT QUE TU M'AS FAIT EN TRAHISSANT MA FAMILLE !
ドッ
ドッ
VRRRRRR
COMME TU VEUX ...
DE TOUTE FAÇON, ÇA M'EST ÉGAL !
DEPUIS QUAND ...
TU SAVAIS, POUR MES YEUX ?
QUOI ?

WOOSH
LE PROJET ATLAS A DÉJÀ COMMENCÉ !
SURTOUT, NE LAISSEZ RIEN PASSER !
À VOS ORDRES !
HÉ HÉ HÉ...
C'EST BIEN MON INTENTION !
EN AVANT, ON REPREND LA CHASSE !
HOP !!
À VOS ORDRES !

REPRENEZ IMMÉDIATEMENT LES RECHERCHES !
CLIC
FRSH

COLONEL LUGER, VOUS ME RECEVEZ ?
ICI LE SERGENT HECKLER ...
DU CINQUIÈME ESCADRON ÉTOILE, AU RAPPORT !
JE LE PRENDS !
CINQ SUR CINQ !
VOUS LES AVEZ EUS ?
JE CONFIRME QUE PLUSIEURS VÉHICULES ONT ABANDONNÉ LA COURSE...
AU PONT KATAYA, DANS LA VALLÉE HALKOR !
MAL-HEUREU-SEMENT, ON LES A MANQUÉS !
DZZ
NON...

HEIN ?
QU'EST-CE QUI S'EST PASSÉ ?
AH LÀ LÀ...
ON LEUR AVAIT PRÉPARÉ UNE EMBUSCADE À LA SORTIE DU PONT...
MAIS J'AI L'IMPRESSION QU'ILS SE SONT FAIT SAUTER TOUT SEULS !
BON SANG !
ÇA ME FOUT LES BOULES !
SERGENT HECKLER ...
J'AI LE COLONEL EN LIGNE !
J'AI ENVIE DE TUER QUEL-QU'UN !
BOUM
RATATATATA

HA HA !
PLAF
ÇA A MARCHÉ AU POIL !
TAP
LA CAISSE DE CE CRÉTIN DE PEACE-MAKER EST EN MIETTES, ON S'EN EST SORTIS INDEMNES...
ET ON S'EST DÉBARRASSÉS DES GÊNEURS !
AAAAH...
D'UNE PIERRE TROIS COUPS !
HA HA HA HA ...
HA HA HA HA HA !

BROOM
PRIN-CESSE !
VOILÀ QUI N'ÉTAIT PAS PRÉVU ...
VRR
CRIIII
...
PFOUAH !
TING
TING
TING
TING

BOUM
CRAC
ガラ
CLONG
ガラ
ガラ
ガラ
CLONG

BAM

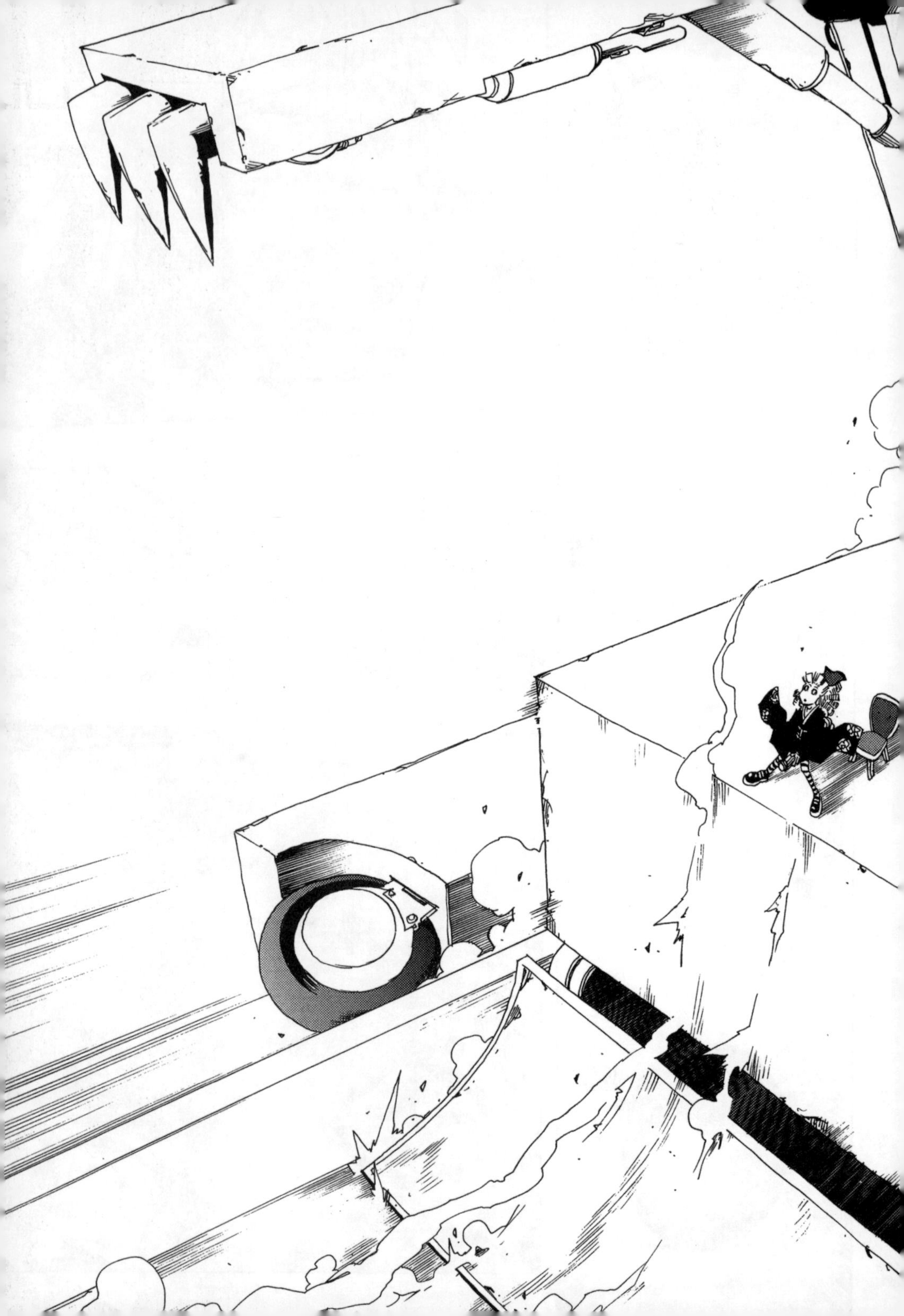

VSHH

WOOSH
yAAAAAAAAAAAAAAAAAAAAAAA
AH!

CRIII
DING
TCHAC
WOOSH
VROUM
JE VEUX PAS MOURIR !

FUIT
CLONG
AAAAAAAAAAAAAH !
BLAM

MAIS C'EST LA SEULE SOLUTION, HEIN...
BARREL ?
OUI !
ATTACHEZ VOS CEINTURES !!
WOOSH
VRRM

TRIGGER, TOI AUSSI ...
REMETS TA VIE ENTRE MES MAINS !
POF
CRRR
DEMI-TOUR ?
JIOUF
CLONG
BON SANG !
C'EST LE MOT QUE JE DÉTESTE LE PLUS AU MONDE !
LE SUR-COMPRES-SEUR !
OUI ! LE SALUT EST DANS LA FUITE, APRÈS TOUT !
TRIGGER ...

HEIN ?!
DEMI-TOUR ?!
QU'EST-CE QUE TU RACONTES ?!
T'ES MALADE OU QUOI ?!
NE RENDS PAS LES CHOSES ENCORE PLUS COMPLIQUÉES !
DEPUIS LE DÉBUT, J'AI CONFIÉ MA VIE À CETTE VOITURE ...
AINSI QU'À TRIGGER !
MAIS ÇA NE SUFFIT PAS...
POUR CONCLURE UN CONTRAT !

BON, J'Y VAIS !
ARRÊTE, ON T'A DIT QUE C'ÉTAIT TROP RISQUÉ !
IL N'Y A PAS UNE MEILLEURE SOLUTION ?!
SI !
FAISONS DEMI-TOUR !

MON NOM C'EST TRIGGER F. THROTTLE !
JE SUIS NÉ LE 9 MARS DANS LE TAYADA-OUEST, JE SUIS POISSONS, DE GROUPE SANGUIN O, JE SUIS UN JOUEUR ET UN TRICHEUR DE PRE-MIÈRE CATÉGORIE...
J'AI TRAVAILLÉ COMME PILOTE DE REMPLACEMENT AU GPB1, ET MA DEVISE C'EST : "D'UNE PIERRE TROIS COUPS" !
VOILÀ, T'ES CONTENT ?!
OUI !
BIEN !

NOS VOLONTÉS NE DOIVENT PLUS FAIRE QU'UNE !
AVEC CAISSE, DE TOI MÉRO
C'EST ÇA, CONCLURE UN CONTRAT !
BANG
AÏE...

J'AI CONFIÉ MA VIE À CETTE BAGNOLE !
ALORS TOI AUSSI, REMETS LA TIENNE ENTRE MES MAINS !
VRRRR
CETTE JE FERAI LE NU- UN !
VRR
AAAAH !
SCRITCH
SCRITCH
SALE MORVEUX !

JE N'AI PAS BESOIN DE QUELQU'UN QUI NE FAIT PAS CE QU'IL FAUT QUAND IL LE FAUT...
NI DE QUELQU'UN QUI N'EST PAS SUR LA MÊME LONGUEUR D'ONDE QUE MOI !
BOUM
SI TU VEUX VRAIMENT DEVENIR LE NUMÉRO UN...
TU VAS DEVOIR OUBLIER TRÈS VITE...
TES HISTOIRES D'AMITIÉ !

BLA
JE CRAINS QUE NOS POURSUIVANTS CONTINUENT À NOUS TRAQUER UNE FOIS QUE NOUS AURONS PASSÉ LE PONT…
BLA BLA
PAR CONSÉQUENT, N'AURIONS-NOUS PAS INTÉRÊT À LES IMMOBILISER DÈS MAINTENANT ?
BLA BLA BLA
TANT QUE L'ADVERSAIRE EST PROCHE, JE PEUX EN PROFITER POUR METTRE EN APPLICATION UN GRAND NOMBRE DE PLANS… SAUTER SUR LEUR VÉHICULE ET ALLER ASSOMMER LA PRINCESSE, RÉPANDRE UNE TRAÎNÉE D'HUILE ET Y METTRE LE FEU, QUE SAIS-JE ENCORE… QU'EN PENSEZ-VOUS ? J'ATTENDS VOS SUGGESTIONS !
BLA BLA BLA BLA
VOILÀ EXACTEMENT LE GENRE DE DISCUSSION QU'ON N'A PAS LE TEMPS D'AVOIR !!
AAH !
TU VAS TE FOURRER ÇA DANS LE CRÂNE, OUI ?!
AU VOLANT…
UNE SEULE SECONDE D'HÉSITATION PEUT FAIRE LA DIFFÉRENCE ENTRE LA VIE ET LA MORT !

JE VAIS ...
LUI FAIRE PASSER LE GOÛT DE LA COURSE, MOI !
MAIS ENFIN, C'EST IMPOSSIBLE !!
ON NE PEUT PAS LE SAVOIR AVANT D'ESSAYER !
VRR
ON N'A PAS D'ARMES ET ON EST SUR UN PONT !
ON N'A PAS D'AUTRE CHOIX QUE DE FILER !
TU DÉCIDES ENCORE...
POUR TOUT LE MONDE !
TU NE FAIS QUE PRENDRE DES RISQUES INCONSIDÉRÉS !

ON N'EST PAS ENCORE AU BOUT DU PONT ?!
BIEN-TÔT !
VRRR
ELLE A L'AIR COMPLÈTEMENT BLASÉE !
UNE VRAIE SADIQUE, CETTE PRINCESSE !
QU'EST-CE QU'ON FAIT ?!
TU NOUS RALENTIS !
MAINTENANT QUE TU AS REMPLI TON RÔLE DE MAUVAIS EXEMPLE, DESCENDS !
ET PUIS QUOI ENCORE ?!
TING
ET SI ON UTILISAIT LE SURCOMPRESSEUR ?!
AVEC ÇA, ON DEVRAIT POUVOIR SE DÉGAGER !
FLAP
BONNE IDÉE !
EUH... ELLE EST PAR LÀ...
NON...
CLONG
PAS QUESTION DE FUIR !

COMMENT ÇA SE FAIT ?!
CLONG
BON SANG ! ON A TROP RALENTI, ILS NOUS COLLENT AU TRAIN !!
À MOI DE JOUER !

VOUS NE PENSEZ PAS...
QU'ON A UN PROBLÈME PLUS URGENT À RÉGLER ?!
VROUM
VRRR
ON EST ASSEZ PROCHES !
PRINCESSE CALICO...
C'EST LE MOMENT DE LEUR DONNER LE COUP DE GRÂCE !
PARFAIT ...
BEAU TRAVAIL !
TCHAC

MAIS D'ÊTRE PRÊT À FAIRE CE QU'IL FAUT QUAND IL LE FAUT !
SINON, ON NE FAIT PAS DE VIEUX OS !
EUH...
DÉSOLÉE DE TE COUPER DANS TON BEAU DISCOURS, MAIS...
TIENS, CYLINDER ...
T'ÉTAIS LÀ ?
QUOI ?!
TU TE FICHES DE MOI ?! JE SUIS LÀ DEPUIS LE DÉBUT !
MAIS PASSONS ...

DANS UNE COURSE EN ÉQUIPE, L'IMPORTANT ...
CE N'EST PAS D'ÊTRE ENTOURÉ PAR UNE PSEUDO-FAMILLE...
OU DES COPAINS AVEC QUI ON S'ENTEND BIEN...
C'EST JUSTEMENT PARCE QU'ON RISQUE SA VIE...
QU'IL FAUT AGIR EN PRO !

POURQUOI TU N'ES PAS ENCORE ALLÉ VOIR UN OPHTALMO ?
BAM
...
COM-MENT ... TU PEUX ÊTRE AU COURANT ?
?
TU VOIS, BARREL ...
QUOI ?!
ÇA, C'EST L'EXEMPLE À NE PAS SUIVRE !
PARCE QU'IL N'A PAS FAIT CE QU'IL AVAIT À FAIRE...
IL A DÉJÀ FAILLI Y PASSER DEUX FOIS !

C'EST PAS LE MOMENT DE JOUER LES HÉROS !
TIENS-TOI TRANQUILLE !
ALORS ...
TU AVAIS L'INTENTION DE LUI VENIR EN AIDE DEPUIS LE DÉBUT ?
NAN, C'EST UN COUP DE BOL...
TOUT S'EST BIEN GOUPILLÉ !
VLAN
Y A PAS À DIRE...
J'AI UNE VEINE DE COCU !
"TU" AS UNE VEINE DE COCU ?!
POURQUOI ...
M'AS-TU SAUVÉ ?
JE VOULAIS ...
DONNER UNE PETITE LEÇON À BARREL !
COM-MENT ÇA ?

GLOUPS
GH...
WAF
TRIGGER ?!
TCHAC
PLAF
VRRR
PLOF
AAH !
AAAAAH !
PAF
BOM

POF
C'EST LA DEUXIÈME FOIS QUE JE TE SAUVE LA MISE...
ENFOIRÉ !
#9 LIFE

ESPÈCE DE MONSTRE !
COMMENT PEUX-TU ABANDONNER PEACE-MAKER ?!
MAIS NON...
GRII
TU TE GOURES !!
VLAF

RUN day BURST
ラン・デイ・バースト

ENFOIRÉ !

C'EST LA DEUXIÈME FOIS QUE JE TE SAUVE LA MISE...
POF

GRAND-PÈRE...
VOUS TOUS...
MERCI POUR TOUT !
NON !
JEUNE MAÎTRE !

PÈRE...
AI-JE RÉUSSI ...
À DEVENIR ...
LE PACIFI-CATEUR DE LA FAMILLE COLT ?

COLT
MOI, PEACEMAKER COLT...
J'EN FAIS LE SERMENT SOLENNEL !
SI TEL EST VOTRE SOUHAIT, JEUNE MAÎTRE...
NOUS VOUS SUIVRONS TOUS COMME UN SEUL HOMME !
HOURRA !
HOURRA !

VENDONS LE DOMAINE ...
POUR FINANCER NOS DÉBUTS DANS LE GRAND PRIX DE BULLET 1...
LE MAÎTRE ...
NE VOUS AVAIT DONC PAS LÉGUÉ QUE CETTE MONTRE...
RECONS-TRUISONS ENSEMBLE NOTRE FA-MILLE !
ET REBÂTISSONS TOUT UNE NOUVELLE FOIS !

チ チ チ チ チ チ チ チ チ チ チ チ チ チ チ チ チ チ チ チ
TIC TAC TIC TAC TIC TAC TIC TAC TIC TAC
TIC TAC TIC TAC TIC TAC TIC TAC
CONTINUONS ...
À MESURER LE TEMPS ENSEMBLE !
MERCI ...
À VOUS TOUS !
...
MAIS OUI !
SUIVEZ-MOI !

LA MONTRE À GOUSSET ...
DE PÈRE !
BRAVO, PEACEMAKER, TU VIENS DE BATTRE LE RECORD !
POUR DE VRAI ?! SUPER !
JEUNE MAÎTRE ...
DORÉNAVANT ...
C'EST À VOUS DE LA REMONTER !
SNIF...
CRII
CRII
CRII
CRII
CLIC
TIC
TAC
TIC
TAC

VO
MON
EST
SÉE
SI ON PARVIENT À EN RASSEMBLER TOUTES LES PIÈCES ...
MÊME UNE MONTRE EN MILLE MORCEAUX...
PEUT ENCORE DONNER L'HEURE !
GRAND-PÈRE...
POURQUOI ...
À L'ARTICLE DE LA MORT, MONSIEUR M'AVAIT REMIS CECI EN SOUVENIR DE LUI...
JE PENSE QU'ELLE VOUS REVIENT...
TENEZ...

QUE SE PASSE-T-IL, JEUNE MAÎTRE ?
TRE TRE BRI- ?

PAPA ?
SEUL AU MONDE...

ME CONSIDÈRES-TU ENCORE...
COMME TON FILS ...
JE SUIS...
GH...
BOUHOUU !

C'EST QUOI, UNE FAMILLE ?
C'EST QUOI, LES LIENS DU SANG ?
TU VOULAIS QUE JE VEILLE...
SUR LA PAIX DE LA MAISON COLT...
TU M'AS SAUVÉ LA VIE DEUX FOIS...
MAIS JE N'AI RIEN PU FAIRE POUR TE REMERCIER...
ET TOUT S'EST EFFONDRÉ PAR MA FAUTE !
J'AI TOUT PERDU...

GOVÉRNMENT COLT

TU N'ES QU'UN ÉTRANGER !
LA LONGUE ET ILLUSTRE HISTOIRE DE LA MAISON COLT ...
TOUCHAIT À SA FIN.

TU PEUX PARLER...
TOI QUI N'AS MÊME PAS UNE GOUTTE DE SON SANG !
PLAF
BUNTLINE ENGLOUTIT TOUTE LA FORTUNE DE SA FAMILLE...
AVANT DE DISPARAÎTRE DANS LA NATURE.

ESPÈCE ...
DE...
CRR
ガッ
COMMENT PEUX-TU PRÉTENDRE QUE...
LE SANG DE PÈRE...
LE SANG DES COLT COULE DANS TES VEINES ?!
ALORS LÀ...
TU AS UN SACRÉ CULOT !

À PARTIR D'AUJOURD'HUI, C'EST TOI LE CHEF DE FAMILLE !
LA MORT DE PAPA ...
LA CHUTE DE LA MAISON COLT...
TOUT EST DE TA FAUTE !

RENDS-NOUS NOS TERRES !
RENDS-NOUS NOTRE MAISON !
TRAÎTRE !
À BAS LE TYRAN !
LE MOMENT...
EST BIENTÔT VENU...
SALUT, PEACEMAKER !
ALORS, ON SE SENT MAL ?
CRUNCH
PAS ÉTONNANT...
À FORCE DE TOUT FAIRE TOUT SEUL ICI, ÇA DEVAIT ARRIVER !
MAIS SOIS TRANQUILLE...
C'EST LA DERNIÈRE FOIS QU'ON SE VOIT !
PFF...
NE DIS PAS... N'IMPORTE QUOI...
JE NE...
QUITTERAI JAMAIS LE MANOIR !
CRUNCH
PAS BESOIN QUE TU T'EN AILLES !

TU PARLES DE CELUI QUE TU AS TUÉ ?
SI ÇA SE TROUVE, C'EST LE CHOC DE SA MORT QUI M'A FAIT PERDRE L'ESPRIT !
HA HA HA HA HA HA !!
DÉ-GAGE !
PAF
MIAAAA !
LA MONTRE QUI DONNAIT L'HEURE DE LA FAMILLE COLT ...
EST MAINTENANT BRISÉE !
LE JOUR SUIVANT...
BUNTLINE RENVOYA LES DERNIERS EMPLOYÉS...

T'ES VIRÉ !
GRR
GRR...
ÇA SUFFIT !
RESSAISIS-TOI...
GRAND FRÈRE !
POUR TOI...
C'EST "MAÎTRE" !
SIMPLE QUESTION DE RES-TRUCTU-RATION !
JE NE GARDE QUE LES GENS INDISPEN-SABLES !
NOUS AVIONS 50 EMPLOYÉS, IL NE NOUS EN RESTE PLUS QUE DIX !
C'EST AFFLIGEANT !
QU'EN PENSERAIT PÈRE ?
PÈRE ?
HA HA ...

POF
CLING
TOUT VA BIEN, ELLE N'EST PAS TOMBÉE !
JE VAIS M'EN CHARGER !
PFF ...
JEUNE MAÎTRE ...
ON SE SOUTENAIT ET ON S'ENTRAIDAIT LES UNS LES AUTRES...
MAIS BUNTLINE ÉTAIT HORS DE CONTRÔLE !
GRAND-PÈRE...
CETTE MOUSTACHE TE DONNE L'AIR PRÉTENTIEUX...
ÇA M'ÉNERVE !

À COMPTER DE CE JOUR, BUNTLINE COMMENÇA À DILAPIDER SON HÉRITAGE...
ET À TRAÎNER DANS LA BOUE LE NOM DE LA MAISON COLT, JUSQU'À SE METTRE À DOS LES GENS DU DOMAINE...
BAANLINE
BEURK !
CLING
PUIS...
TOI...
T'ES VIRÉ !
J'AIME PAS CETTE FORME !
VIRÉS !
LE LINGE SÈCHE TROP LENTEMENT !
VIRÉE !
T'AS TRÉBUCHÉ !
TCHAC
VIRÉE !

JE NE VOUS CONSIDÈRE PAS...
COMME MA FAMILLE !
MON PÈRE...
GRR...
ÉTAIT TROP LAXISTE !
IL A MÊME PARDONNÉ AU RESPONSABLE DE SA MORT !
ET PERSONNE NE FAIT MINE DE LUI EN VOULOIR !!
C'EST CHEZ MOI, ICI !
VOUS N'ÊTES QUE MES DOMESTIQUES, ALORS FINI LA COMÉDIE !
TAP
TAP

C'EST AINSI QUE...
MAÎTRE !
OUIN !
PAPA !
MAÎTRE !
JE ME RETROUVAI À NOUVEAU ORPHELIN...
BUNTLINE...
PRIT LA SUCCESSION DE SON PÈRE ...
METTONS ...
LES CHOSES AU CLAIR !

PEACEMAKER, LE PACIFICATEUR...
QUEL NOM MAGNIFIQUE !
VEILLE SUR LA PAIX DE LA MAISON COLT...
MON FILS !
PAPA ...

S'IL TE PLAÎT...
RIEN QU'UNE FOIS...
J'AIMERAIS QUE TU M'APPELLES PAPA !
...
MAIS ...
JE T'AI TOUJOURS ...
CONSIDÉRÉ COMME MON FILS !
LORSQUE J'AURAI REJOINT MON ÉPOUSE, BUNTLINE SE RETROUVERA TOUT SEUL...
ALORS CE SERA TON RÔLE DE PETIT FRÈRE DE LE SOUTENIR...
D'ACCORD ?
CRR

C'EST À CAUSE DE MOI...
TOUT EST DE MA FAUTE...
PLOF
C'ÉTAIT SON DESTIN, TOUT SIMPLEMENT...
PERSONNE NE VOUS ACCUSE, JEUNE MAÎTRE !
...
GRAND-PÈRE...
PEA...
PEACE-MAKER...
MONSIEUR COLT !
POF !!
JE SUIS DÉSOLÉ... JE VOUS DEMANDE PARDON !

MAÎÎÎTREEEE!!

MONSIEUR COLT...
CRAC
BOUM
BAM
PLOF
PLAF

QU'EST-CE QUE C'EST ?
JE N'Y VOIS RIEN...
CRAC
FLAP
TAP
AÏE !
AH !

JEUNE MAÎTRE !
QUE VOUS EST-IL ARRIVÉ ?!
...
JE SUIS TOMBÉ !
ET PUIS, UN JOUR...
À QUOI ...
VA-T-ON JOUER AUJOURD'HUI ?
CES DERNIERS TEMPS...
J'AI LES YEUX QUI PIQUENT ...
ATTENTION !
HEIN ?

CE QUI COMPTE MAINTENANT CHEZ LES NOBLES, C'EST LA FORCE !
BAM
ON VA JOUER À LA BOXE !
DING !
PAF
ÉCOUTE-MOI...
PAF
BIEN !
TU N'ES ...
PAF
QU'UN JOUET POUR MOI !
PAF
PAF
PLOF
TU NE FAIS PAS PARTIE DE MA FAMILLE...
ALORS RESTE À TA PLACE !

VSH
OUAIS !
J'AI ENFIN GAGNÉ CONTRE TOI, BUNTLINE !
CRII
L'AUTRE JOUR, JE ME SUIS ENTRAÎNÉ EN REGARDANT LE GPB1 À LA TÉLÉ AVEC MONSIEUR COLT !
JE LUI AI DIT QU'ON FERAIT DE BONS RIVAUX, TOI ET MOI...
ET IL M'A RÉPONDU QU'ON DEVRAIT FAIRE UNE COURSE DE KARTS !
PFF ...
JE SUIS L'AÎNÉ DE LA FAMILLE COLT...
ET EN TANT QUE TEL, JE PRENDRAI LA SUCCESSION DE MON PÈRE UN JOUR...
ALORS LE KART, JE M'EN MOQUE !
FILE-MOI TON CASQUE !
JE VIENS D'INVENTER UN NOUVEAU JEU...

FORMAIENT UNE VRAIE FAMILLE !
EH, PEACE-MAKER !
ALLONS FAIRE LA COURSE ...
SUR LE TERRAIN LÀ-BAS !
POUT
POUT
POUT
MAÎTRE, VOYONS ...
C'EST UN KART POUR ENFANT !
PFF ...
HA HA HA !
OH...
C'EST LA PREMIÈRE FOIS QUE TU RIS DEPUIS TON ARRIVÉE !
PEUH...

MAÎTRE, VALET, FEMME DE CHAMBRE, CUISINIER, JARDINIER, CHIEN, CHAT...
TOUS SANS DISTINCTION...
TOUT ÇA, C'EST GRÂCE À MONSIEUR...
IL M'A RECUEILLI QUAND JE ME SUIS RETROUVÉ À LA RUE...
APRÈS AVOIR PERDU MA FEMME ET MA FILLE DANS UN ACCIDENT DE VOITURE...
LES AUTRES EMPLOYÉS AUSSI LUI DOIVENT BEAUCOUP !
C'EST ÇA, LA FAMILLE COLT !

...
PEACE-MAKER...
PEACEMAKER, LE PACIFICA-TEUR ?
QUEL NOM MAGNI-FIQUE !
C'EST AINSI QUE MA NOUVELLE VIE A COMMENCÉ...
MONSIEUR COLT ÉTAIT TRÈS GENTIL ...
TOUT LE MONDE L'AIMAIT...

TU AS PLONGÉ POUR SAUVER TA MAMAN ?
C'EST BIEN, TU ES TRÈS COURAGEUX ...
JE SUIS SÛR QU'AU PARADIS, ELLE EST TRÈS FIÈRE DE TOI !
LES BLESSURES DU CŒUR SONT LONGUES À GUÉRIR, TU SAIS...
ALORS PRENDS TON TEMPS ...
NOUS PARTAGERONS TOUS TA PEINE !
À PARTIR D'AUJOURD'HUI...
NOUS SOMMES TA FAMILLE !
JE M'APPELLE GOVERNMENT COLT...
ET TOI ?

#8 COLT
LORSQUE MA MÈRE EST MORTE, ME LAISSANT SEUL AU MONDE...
J'AI ÉTÉ RECUEILLI PAR LA FAMILLE COLT...

PLAF
PFOAAH !
MAÎTRE !
IL EST EN VIE !
ET SA MÈRE, ELLE RESPIRE ENCORE ?!
JE VOIS ...

J'AI ENCORE ARRÊTÉ LA MONTRE ...
PARDONNEZ-MOI, VOUS TOUS...
JE SUIS...
BLOP
ガボッ

RUN day BURST

ラン・デイ・バースト

BAM

C'EST EXACTE-MENT COMME POUR CETTE FAMEUSE COURSE...
IL Y A SIX ANS ...
JE N'AI PAS LE CHOIX !
JEUNE MAÎTRE !!
DÉSOLÉ ...
GRAND-PÈRE !

VOUS MOURREZ !
12

SI VOS IDÉES MIÈVRES DE FAMILLE ET D'AMITIÉ...
VOUS EMPÊCHENT DE REGARDER DEVANT VOUS ...

N'OUBLIEZ PAS...

ALLEZ ...
DOUCEMENT...
LAISSE TOMBER !
MOI AUSSI, JE SUIS UN MEC !
JE M'EN SORTIRAI PAR MES PROPRES MOYENS !
CLONG
VLAN
QUOI ?
CRAC
TOUS AUTANT QUE VOUS ÊTES, VOUS N'AVEZ VRAIMENT RIEN COMPRIS !

PARCE QUE...
JE SUIS UN MEC !

TU RIGOLES ?! JE SUIS MORT DE TROUILLE !
TADAM
FLAP
FLAP
MAIS JE VEUX MONTRER À TRIGGER QU'IL A TORT !
JE VAIS LUI PROUVER QUE LA RDB, C'EST PLUS QUE DU BUSINESS...
ET QUE LES AMIS...
COMME LA FAMILLE, C'EST IMPORTANT !

JE SUIS MÉCANO...
C'EST LE MOMENT DE MONTRER DE QUOI JE SUIS CAPABLE !
ET TU OSES DIRE...
QUE C'EST MOI QUI N'EN FAIS QU'À MA TÊTE ?!
QU...
N'APPROCHE PAS, C'EST TROP DAN-GEREUX !
JE TIEN-DRAI BON JUSQU'À LA SORTIE DU PONT !
RECULE !
DIS, PETIT ...
TU N'AS PAS PEUR ?

VROOUUM
À CE RYTHME-LÀ...
ON VA TOUS Y PASSER !
BARREL !
QU'EST-CE QUE TU FOUS ?!
PLOF
JE VAIS RÉPARER LA VOITURE DE PEACEMAKER !

HIIIIII !
ズドドォ
BAM
AAAH !
ガギギギ
CRI
ガ
パキィン
CRAC
PAF
JEUNE MAÎTRE !
ÇA VA ...
CE N'EST RIEN...
QU'EST-CE QUE TU AT-TENDS POUR ACCÉLÉRER ?!
BOUCLE-LA, JE SUIS BLOQUÉ !!

バタバタ FLAP FLAP
バタバタ FLAP FLAP
ILS M'IGNORENT ?
CE N'EST PAS MARRANT !
SMITH ...
WESSON ...
TUEZ-LES !
À VOS ORDRES ...
PRINCESSE CALICO !
CLONG
OOH ...
REGARDEZ ...
HA HA HA !
LA TARTE AUX POMMES SE RAPPROCHE !
HI HI HI !
MIAM ! C'EST POUR QUI...
FLAF
CETTE GROSSE PART ?
VLAF
HEIN ?

QUAND ON N'AVAIT PLUS NI ROUES NI RADIATEUR…
OU QUAND CYLINDER S'EST RETROUVÉE AUX MAINS DE LA MAFIA…
TU AS TOUJOURS ÉTÉ LÀ !
C'EST TOI QUI M'AS ENTRAÎNÉ DANS CETTE COURSE…
TOI QUI AS DÉMARRÉ LE MOTEUR…
TOI QUI AS RENDU MON RÊVE POSSIBLE… SI TU N'AVAIS PAS ÉTÉ LÀ, RIEN NE SE SERAIT PRO-DUIT !
TU PENSES VRAIMENT QUE TOUT ÇA…
C'EST RIEN QUE DU BUSINESS ?!

BAM
GH...
"LA COURSE, C'EST DU BUSINESS" ?
POURQUOI TU NE PARLES JAMAIS FRAN-CHEMENT ?
BARREL
AÏE !
NON MAIS ÇA VA PAS ?!
C'EST FAUX ! TU MENS !!

TRIGGER ...
POURQUOI ?
CROIS CE QUE TU VEUX ...
PEU M'IMPORTE CE QU'ON RA-CONTE SUR MOI !
ON N'EST PAS LÀ POUR SE TROUVER DES POTES OU UNE FAMILLE DE SUBSTITUTION...
ON DOIT SE MONTRER PRO ET FAIRE SON BOULOT, C'EST TOUT !

IL NOUS A TRAHIS, L'ÉQUIPE ET MOI, RIEN QUE POUR SE METTRE EN VALEUR...
IL N'Y A PAS PLUS ÉGOÏSTE QUE LUI !
VOILÀ ...
SON VRAI VISAGE !

DÉSOLÉ DE T'AVOIR VOLÉ LA VICTOIRE...
VOUS N'AUREZ QU'À REVENIR L'AN-NÉE PROCHAINE, TOI ET TOUTE TA PETITE FAMILLE !
JE T'INTERDIS D'INSULTER MES PRO-CHES !!
LÂCHEZ-MOI !
JEUNE MAÎTRE !
JE M'EN FICHE, ABRUTI !
RETENEZ-LE !
FLAN-QUEZ-LE DEHORS !
L'ÉQUIPE COLT NE SE QUALIFIA POUR LE GRAND PRIX QU'UN AN PLUS TARD...
ENTRE-TEMPS, TRIGGER AVAIT QUITTÉ LE CIRCUIT.

BON SANG ! TOUT EST FICHU !
PAF
TU AVAIS UN RÔLE DE SOUTIEN...
DANS UNE COURSE, LES RELATIONS DE CONFIANCE SONT PRIMORDIALES...
REMPORTER LA PREMIÈRE PLACE NE TE SERVAIT À RIEN !!
MAIS TOI, TU N'AS AUCUN ESPRIT D'ÉQUIPE !!
COLT
ÇA N'A RIEN À VOIR !
J'AI FAIT CE QUE JE DEVAIS FAIRE !
C'EST TOUT !

AVANT DE FRANCHIR PREMIER LA LIGNE D'ARRI-VÉE !
12

DANS LE DERNIER VIRAGE, IL M'A VIOLEMMENT PERCUTÉ...

À VRAI DIRE, IL S'EN SORTAIT PLU-TÔT BIEN...
IL CONDUISAIT DE MANIÈRE CHAOTIQUE, COMPLÈTEMENT IMPRÉVISIBLE...
MAIS IL NE LAISSAIT PERSONNE ME VOLER LA PREMIÈRE PLACE !
LA VICTOIRE ÉTAIT À PORTÉE DE MAIN, QUAND SOUDAIN...
L'IMPENSABLE S'EST PRODUIT !

PUISQUE POUR TOI CE N'EST QUE DU BUSINESS...
FAIS CORRECTEMENT TON BOULOT !
オオオオオオオオオ
WOO OH !
CE N'EST QU'APRÈS ÇA QUE JE TE SERRERAI LA MAIN !
ET CE FUT LA FINALE DES ÉLIMINATOIRES...
LA PREMIÈRE COURSE SUR CIRCUITS DE TRIGGER !

GRR ...
ALLONS, DU CALME !
GRR
QU'EST-CE QUI TE PREND ?
TU AS LE SANG CHAUD, POUR UN FILS À PAPA !
C'EST UN JOUR TRÈS IMPORTANT !
ATTENTION À CE QUE TU DIS, TOI !!
OK, J'AI COMPRIS !
BON, BEN...
BONNE CHANCE !
FSH
AH...
RATÉ !

POUR MOI, LA COURSE ...
C'EST DU BUSINESS !
PLOF
N'IMPORTE QUOI !
UNE COURSE OÙ ON MET SA VIE EN JEU, ÇA N'A RIEN À VOIR AVEC DU BUSINESS !

ボリ
CRITCH
ボリ
CRITCH
MOI ?
JE VAIS TE PRÉSENTER L'ÉQUIPE...
PAS LA PEINE !
JE NE RETIENS JAMAIS LES NOMS...
ET PUIS, C'EST TEMPORAIRE, DE TOUTE FAÇON...
J'OBÉIRAI AUX ORDRES, T'INQUIÈTE !

#7 BETRAYAL
C'EST UNE COURSE IMPORTANTE...
ALORS JE COMPTE SUR TOI !

POUR L'INSTANT, VOTRE VÉHICULE A ACCUMULÉ SEPT POINTS, JEUNE MAÎTRE...
1er = 3 points
2e = 2 points
3e = 1 point
4e ↓ 0 point
DAY
1 CAR
2 CAR
SI ON PARVIENT À RAFLER LA PREMIÈRE PLACE LORS DE LA FINALE DES ÉLIMINATOIRES, ON SERA QUALIFIÉS !
TU AS BIEN COMPRIS ?
TOUT REPOSE SUR TOI !
FAIS COMME D'HABITUDE...
TU ES LÀ POUR SOUTENIR ET PROTÉGER L'AUTRE VOITURE. IL FAUT ABSOLUMENT QU'ELLE FRANCHISSE LA LIGNE D'ARRIVÉE EN PREMIER !
VOUS POUVEZ COMPTER SUR...
MOI...
GH...
PLAF
UNE INTOXICATION ALIMENTAIRE !
GH ...
APPELEZ UNE AMBULANCE !
BING
PLAF
D'ACCORD, MAIS...
ON DOIT VITE LUI TROUVER UN REMPLAÇANT !
TAP

LE MOMENT EST VENU DE SE SERRER LES COUDES...
POUR RÉALISER NOTRE RÊVE COMMUN !
OUUU...
AIIS !
TERMINEZ LES RÉGLAGES DU DEUXIÈME APPAREIL !
ガ
VÉRIFIEZ LE MOTEUR ! NE LAISSEZ RIEN PASSER !
ガ
CLONG
ガ
CORRIGEZ LE DÉFAUT DU BOOSTER !
ガ
CLONG
QU'ON M'AMÈNE LE SECOND PILOTE !
À VOS ORDRES !
OK !

SIX ANS PLUS TÔT ...
CLONG
CLONG
C'EST LE DERNIER JOUR DES ÉLIMINATOIRES ...
BZZ
DU GRAND PRIX DE BULLET 1 DE RAMELITA...
CLONG
OOOOH !
OOOOH !
VOUS VOUS RENDEZ COMPTE ?!
SI ON FINIT PREMIERS SUR CETTE COURSE...
CLONG
BZZ
ON POURRA ENFIN CONCOURIR POUR LE GRAND PRIX !
COLT
C'EST VRAI...
JEUNE MAÎTRE !
QUE FAITES-VOUS LÀ-DESSOUS ?!
GRR
ON EN A FAIT, DU CHEMIN, POUR PARVENIR JUSQU'ICI...
COLT

IL Y A SIX ANS ...
NOUS ÉTIONS ÉQUIPIERS...
DANS L'ÉCURIE COLT !

QU'EST-CE QUI S'EST PASSÉ...
ENTRE VOUS DEUX ?

ET IRONIE DU SORT...
C'ÉTAIT DANS UNE SITUATION ...
QUASIMENT IDENTIQUE !

UNE COURSE OÙ ON MET SA VIE EN JEU, ÇA N'A RIEN À VOIR AVEC DU BUSINESS !
VOILÀ QUI ME RAPPELLE DES SOUVENIRS...
J'AI DÉJÀ ENTENDU ÇA QUELQUE PART !
JE N'AI PAS PEUR !
PFF ...
HÉ HÉ HÉ !

N'IMPORTE QUOI !
SI TU VEUX ME LÂCHER, VAS-Y !
DE TOUTE MANIÈRE, JE RISQUE MA VIE, DANS CETTE COMPÉTITION !

CONTINUE À ME SOÛLER COMME ÇA...
ET JE TE LAISSE TOMBER !
JE NE PENSAIS PAS QUE TU ÉTAIS AUSSI NIAIS !
POUR LA DERNIÈRE FOIS...
ON N'EST PAS LÀ POUR SE FAIRE DES POTES...
LA COURSE, C'EST DU BUSINESS !

JAMAIS DE LA VIE !
JAMAIS DE LA VIE !
OUAH !
HEIN ?
ET EN CHŒUR, EN PLUS !
POURTANT...
PLOF

TANT QU'ON EST SUR LE PONT...
ON DOIT S'ENTRAIDER ...
POUR TENIR LE COUP !
ALLÔ, Y A QUELQU'UN LÀ-DEDANS ?!
BING
BING
BING
BING
BING
C'EST TOI LE DÉBILE QUI VEUT AIDER L'ENNEMI ?!
...
MAIS...
AVANT...
VOUS ÉTIEZ AMIS, NON ?

RAAAH !
TU NOUS BLOQUES LA ROUTE !
POUSSE-TOI !
PLOF
ARRÊTE !
SANS NOTRE AIDE...
PEACEMAKER VA SE FAIRE RATATINER PAR CE MONSTRE !
ET ALORS ?!
JE NE VOIS PAS LE PROBLÈME !
ÇA NOUS FERA UN RIVAL DE MOINS, C'EST TOUT BÉNEF !

JE M'EN FICHE, CRÉTIN !
CLING
TU GÊNES !
CLING
DÉGAGE !
AH... ARRÊTE DE ME COLLER !
PSHHH
!
BOM
PLAF
BAM
CRR
C'EST PAS VRAI !

FLAP
JAMAIS TU NE COMPRENDRAS...
LES LIENS QUI UNISSENT ...
COLT
LES MEMBRES DE NOTRE FAMILLE !

VOILÀ CE QUI ARRIVE AUX PAUVRES TYPES...
QUI TRAITENT LEUR ÉQUIPE COMME LEUR FAMILLE !
COMMENT ?
LA RDB, C'EST UNE COURSE OÙ ON RISQUE SA VIE...
PAS UN PASSE-TEMPS POUR LES ARISTOS EN MAL DE SENSATIONS FORTES !
CRR
...
PENSE CE QUE TU VEUX...
CE N'EST PAS EN TANT QUE CHEF DE FAMILLE...
OU EN TANT QUE REPRÉSENTANT DE L'ÉCURIE COLT QUE JE PARTICIPE !
JE SUIS AVANT TOUT...
UN SIMPLE PILOTE !

BANG
PEACE-MAKER ?!
MALÉ-DICTION !
VRR
CRRRR
QUELLE MALA-DRESSE DE MA PART...
VRRR
SA ROUE AVANT DROITE A ÉTÉ ENDOMMAGÉE PAR L'EXPLO-SION !
IL NE PEUT PLUS ROU-LER CORREC-TEMENT !

DE LA TARTE AUX POMMES !
ET ICI AUSSI !
HI HI HI !
HA HA HA !
OH NON !
CYLINDER A PÉTÉ UN CÂBLE !
TU PARLES D'UNE GARDIENNE !
ON N'A PAS ARRÊTÉ DE TE RÉPÉTER DE FAIRE DEMI-TOUR !
SI ON ÉTAIT ENTRÉS DANS LE BOIS, TOUT À L'HEURE, RIEN DE TOUT ÇA...
MÊME DANS UN MOMENT PAREIL...
TU TROUVES LE MOYEN DE ME PRENDRE LA TÊTE ?!
LES MEMBRES D'UNE ÉQUIPE DOIVENT NOUER DES LIENS DE CONFIANCE ENCORE PLUS SOLIDES QUE CEUX QUI UNISSENT DES AMIS...
MAIS TOI, TU AGIS TOUJOURS EN SOLO ! TU NE NOUS METS AU COURANT DE RIEN ET TU NE NOUS ÉCOUTES JAMAIS !
ELLES ME FILENT LA GERBE, TES HISTOIRES D'AMITIÉ !

PSHHHHH
CLONG
PSHHHH
PSHHHH
AH !
AAH !
BROOOM
CR!!!
OH...
LÀ, ON A UN SÉRIEUX PROBLÈME !

JEUNE MAÎTRE !
TCHH
BAM
FSHH
QU'EST-CE QUI SE PASSE ?!
JE SUIS EN TRAIN DE TRAVERSER LE PONT...
J'ESSUIE DES TIRS...
MAIS PAS DE PANIQUE, JE VAIS M'EN SORTIR !
SI JE PUIS ME PERMETTRE, PRINCESSE...
SI NOUS MANQUONS ENCORE NOTRE CIBLE, LE VIADUC RISQUE DE S'EFFONDRER !
C'EST VRAI...
ALORS QUE FAIRE ?
LAISSEZ-NOUS NOUS EN OCCUPER !

BLAM
FSH
HIII !
BOUM
AAAH !

BAH... EN FAIT, SI...
SÉRIEUX ?!
QU...
バタ FLAP バタ FLAP
CETTE FOIS-CI ...
バタ FLAP バタ FLAP バタ
JE NE VOUS RATERAI PAS !
CRR ギシ
AAH !
CRR ギシ...

ALLEZ-Y !
ENTENDU, PRINCESSE CALICO !
VROUM

VROOOM
SMITH ...
CLIC
CLAC
WESSON ...
CLONG
VRR
VRRR
CLONG
CRR
CRR

PEACE-MAKER ?!
J'AI DÉJÀ PERDU 18 MINUTES...
JE DOIS ABSOLUMENT RATTRAPER MON RETARD !
ALORS COMME ÇA...
GRR...
TU NOUS IGNORES, ENFOIRÉ ?
TRIGGER, DERRIÈRE NOUS...
QUOI ?!
ON S'EN FICHE ! UNE MACHINE AUSSI GIGANTESQUE NE POURRA JAMAIS TRAVERSER CE PONT !
HEIN ?!

VROOO

EN AVANT
TOUTE !

CRII
ON PEUT Y ALLER, MAINTE-NANT !
LA VOIE EST LIBRE ! ELLE NOUS A RENDU UN CHOUETTE SERVICE, FINA-LEMENT !
SUPER !
CRIII
MERCI POUR LE COUP DE MAIN, LA GO-THIQUE !
VROUM
CRIII
LA ROUTE EST DÉGA-GÉE...
!
CE VROM-BISSEMENT... ON DIRAIT...

HEIN ?
AAAAH !
BOUM

ARRÊTEZ DE BOUGER !
EH...
CRIII
FAIS UN PEU GAFFE !

FSHH
CRII
キ
ィ

ADIEU !
EUH... ELLE FAIT QUOI, LÀ ?
C'EST NOUS QU'ELLE VISE ?!
...
TRIGGER ...
BOUM

VROUUUM
CLONG
AAH !
C'EST QUOI, CE TRUC ?!
UN PONT !
QUELLE PLAIE...
CES ÉPAVES NOUS BLOQUENT LE PASSAGE !

CRR
PSHH
AAAH !
CLONG
IL EST FOU !
IL N'AR-RIVERA JAMAIS À LA SOU-LEVER !
JEUNE MAÎTRE !
NE TENTEZ PAS L'IMPOS-SIBLE !!
VRRR
?
VRRR
VOUS ENTENDEZ ?

EUH...
DE RIEN !
Y A PAS DE QUOI ...
ON N'A PAS FAIT GRAND-CHOSE !
DÉSOLÉ ...
MAIS LA ROUTE EST BLOQUÉE, POUR L'INSTANT !
VOUS ALLEZ DEVOIR ATTENDRE LA DÉPANNEUSE...
OU PRENDRE UN AUTRE CHEMIN !
JE N'AI PAS...
DE TEMPS À PERDRE !
JE DOIS ALLER DE L'AVANT...
POUR LE BIEN DE MA FAMILLE !

RIEN N'EST PLUS IMPORTANT POUR MOI...
QUE DE VOUS AVOIR À MES CÔTÉS !
VOUS N'AVEZ PAS L'AIR DE COM-PRENDRE...
QUE C'EST NOUS QUI VOUS DEVONS TOUT, JEUNE MAÎTRE !
JE NE VOUS REMER-CIERAI...
JAMAIS ASSEZ !

GRAND-PÈRE...
TU TE SOUVIENS ...
DE LA PREMIÈRE FOIS QUE L'ÉCURIE COLT EST MONTÉE SUR LE PODIUM DU GRAND PRIX DE BULLET 1 ?
OUI ...
BIEN ÉVIDEM-MENT !
C'EST LA PREMIÈRE VICTOIRE QUE NOUS AVONS REMPORTÉE ...
TOUS ENSEM-BLE !
IL N'Y AVAIT PLUS DE DIS-TINCTION NI DE RANG NI D'ORI-GINE...
NOBLE, VALET, FEMME DE CHAMBRE, CUISINIER, JARDINIER... TOUT LE MONDE ÉTAIT À ÉGALITÉ !
CE JOUR-LÀ, À CET INSTANT PRÉ-CIS, NOTRE ÉQUIPE...
EST DEVENUE UNE VRAIE FAMILLE !

PONT KATAYA.
IL Y A UN PROBLÈME, JEUNE MAÎTRE ?
IMPOSSIBLE D'AVANCER !
LE PONT EST BLOQUÉ PAR UN ACCIDENT...
VOILÀ QUI EST ENNUYEUX !
LE PASSAGE LE PLUS PROCHE ...
SE TROUVE À 48 KILOMÈTRES AU NORD... IL VOUS FAUDRA EMPRUNTER DE PETITS CHEMINS FORESTIERS !
CLAP

VALLÉE HALKOR...
シュ
PSHOOOO
DÉ-
GAGE !
ABAN-
DONNE
!
ヒュ
FIUUUU

#6 BUSINESS

RUN day BURST
ラン・デイ・バースト

PAS MAL...
TU AS DU TALENT !
MAIS JE DÉTESTE QU'ON M'AGITE SOUS LE NEZ...
TCHAG
VLAM
QUELQUE CHOSE QUE JE NE PEUX PAS AVOIR...
CLONG
ALORS ...
CRÈVE !

J'AI VRAI-
MENT BEAU-
COUP...
DE
BOL !
BAM
BAM
J'AI CRU QUE MA DERNIÈRE HEURE AVAIT SONNÉ !
TU NE POUVAIS PAS LE DIRE PLUS TÔT ?!
AÏE !
AÏE !
JE NE VAIS PAS VOUS FAIRE UN RAPPORT À CHAQUE FOIS !
LES DÉCISIONS DU PILOTE NE REGARDENT QUE LUI !

AAH !
VROUM
VRR
J'AVAIS REPÉRÉ CE CHEMIN TOUT À L'HEURE !
HÉ HÉ HÉ !

REPOSEZ EN PAIX...
ALLEZ...
EN AVANT !
VRRRRRR
À VOS ORDRES !
VROOOUM
?
VRR
!

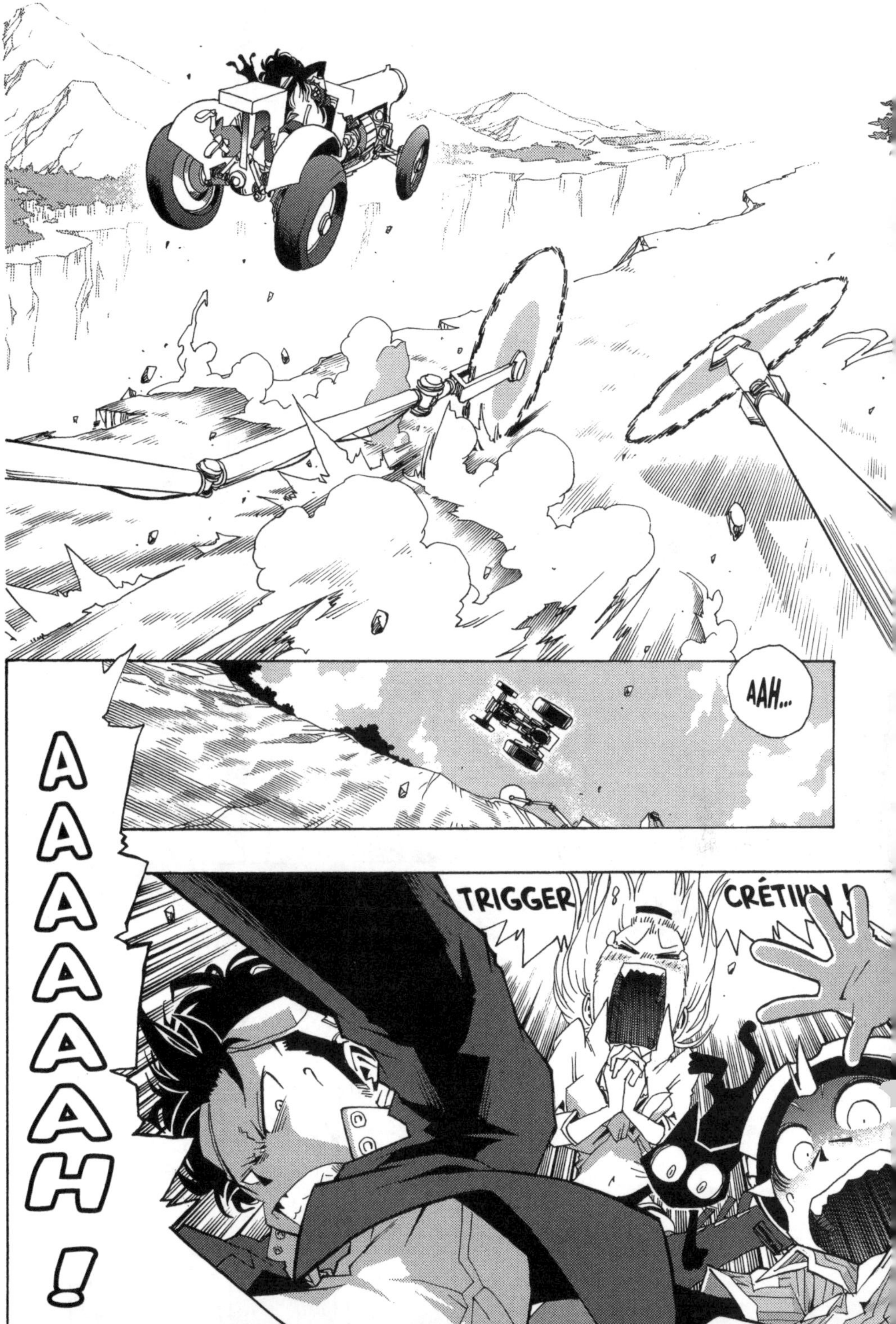
AAH...
TRIGGER
CRÉTIN
AAAAAAAH !

BARREL, LE SURCOMPRESSEUR !
IMPOSSIBLE D'ACCÉLÉRER SUR UN TERRAIN AUSSI ACCIDENTÉ, C'EST TROP DANGEREUX !
DZZZZZ
DANS CE CAS...
ON N'A PLUS LE CHOIX !
VRRRR
IL A...
COMPLÈTEMENT PERDU LES PÉDALES ?!
EXÉCUTION !

SMITH !
CLIC
DZZ
DZING
CLAC
WESSON !
DZZZZ
ILS VONT NOUS DÉCOUPER EN RONDELLES !
QU'EST-CE QUE TU ATTENDS ?!
DÉPÊCHE-TOI DE T'ENGOUFFRER DANS LE BOIS !
FUIR ?
CRR
HORS DE QUESTION !
UN HOMME ...
NE RENONCE PAS SI FACILEMENT !

ドドドド
VRRR
C'EST QUOI, CE MONSTRE ?! UN LAPIN GÉANT ?!
PEUT-ÊTRE D'AUTRES CONCURRENTS !
CRIII
VOUS ÊTES...
SUR MON CHEMIN !

SMITH ...
WESSON ...
À VOUS DE JOUER !
BIEN, PRINCESSE CALICO !

TIENS DONC...
LA FORÊT FAIT PLACE À UNE VALLÉE ?
?!

VROUM
VRRR

DÉSOLÉ, MAIS DANS CE CAS...
CE SERA SANS MOI !
AVEC UNE ÉQUIPE AUSSI PEU SOUDÉE...
ON N'ARRIVERA JAMAIS PREMIERS !
BARREL
HEIN ?!
CLONG
CRAC
CLING
CRAC
?

BAM
ON N'EST PAS LÀ POUR SE FAIRE DES POTES...
LA COURSE, C'EST DU BUSINESS !

JE NE PEUX PAS FAIRE CONFIANCE...
À UN TYPE QUI MENT COMME IL RESPIRE !
PFF...
BLOP
HAHAHAHAHAHA !
VLAN
"APPRENONS À MIEUX NOUS CONNAÎTRE", "SOYONS AMIS"... ET PUIS QUOI ENCORE ?!
VOUS ÊTES VRAIMENT À MOURIR DE RIRE !
GH...
QUEL ENFOIRÉ ...
AUX DERNIÈRES NOUVELLES, DES AMIS...
JE N'EN AI PAS BESOIN !

LAISSE-MOI DEVINER...
TU N'AS AUCUN AMI, C'EST ÇA ?
QUOI ?
ピキ...
GRR...
J'IGNORE SI C'EST PAR GÊNE OU PAR FRIME...
MAIS LES SEULES FOIS OÙ TU OUVRES LA BOU-CHE, C'EST QUAND SURVIENT UN PRO-BLÈME OU POUR TE MOQUER...
PERSON-NELLEMENT, JE REFUSE D'ACCORDER MON AMITIÉ À QUELQU'UN IN-CAPABLE DE S'EXPRIMER À CŒUR OUVERT !

À TON TOUR, TRIGGER, PRÉSENTE-TOI !
COMME ON EST UNE ÉQUIPE...
ON DOIT APPRENDRE À MIEUX SE CONNAÎTRE !
ALLEZ, PARLE-NOUS DE TON PASSÉ !
À L'ÉPOQUE OÙ J'ÉTAIS BATTEUR EN MAJOR LEAGUE...
TU CROIS VRAIMENT QU'ON VA AVALER ÇA ?!

JE M'APPELLE BARREL F. WRENCH...
MON GROUPE SANGUIN, C'EST A... JE SUIS NÉ UN 28 DÉCEMBRE À SÉVILÉO, DANS LE MATALAÏ...
J'ÉTAIS LE RÉPARATEUR DU VILLAGE. JE SUIS TIMIDE ET J'AI UNE TOUTE PETITE VOIX, MAIS...
POUR CE QUI EST DES MACHINES, PERSONNE NE M'ARRIVE À LA CHEVILLE !
...
QUOI ?
LES AUTRES GOSSES SE MOQUAIENT SOUVENT DE MOI...
PARCE QUE JE N'ALLAIS PAS BEAUCOUP À L'ÉCOLE...
MAIS MON PÈRE, LUI, M'A TOUJOURS ENCOURAGÉ ! COMME NUMBER ONEDERFUL, IL DISAIT : "DEVIENS LE NUMÉRO UN !"
ALORS JE VOUDRAIS LEUR PROUVER À TOUS QUE LA VOITURE QU'IL M'A LÉGUÉE EST LA MEILLEURE !
...
BARREL ...
QU'EST-CE QUI TE PREND, DE NOUS RACONTER TA VIE ?

TU ES AVEUGLE, OU QUOI ?! IL N'Y A PLUS DE ROUTE, IL FAUT FAIRE DEMI-TOUR !
ON FINIRA BIEN PAR TOMBER SUR UN PONT !
SANS PLAN, ON NE SAIT PAS COMBIEN DE TEMPS ÇA VA PRENDRE, JE TE SIGNALE !
JUSTEMENT, ON FERAIT MIEUX DE SE REMETTRE EN ROUTE, AU LIEU DE RESTER LÀ À DISCUTAILLER !
MIAOU
IL ME FAUDRAIT DE LA CRÈME SOLAIRE, AUSSI !
C'EST PAS DE MA FAUTE SI CETTE CAISSE N'A MÊME PAS DE CAPOTE !
MIAOU
SI JE NE MANGE PAS DE LA TARTE AUX POMMES AU MOINS UNE FOIS PAR JOUR, JE N'ARRIVE PAS À DORMIR !
T'AS QU'À ALLER CUEILLIR DES FRUITS SUR LES ARBRES !
ÇA T'ARRIVE D'ARRÊTER DE TE PLAINDRE ?!
C'EST MOI QUI PILOTE !
ALORS BOUCLEZ-LA ET FAITES-MOI CONFIANCE !
...
T'ARRÊTES UN PEU DE TE LA JOUER ?!
TOI, LE BOUDIN, LA FERME !
DÉCIDÉMENT, ON N'ARRIVE PAS À S'ENTENDRE...

COMME IL FALLAIT S'Y ATTENDRE, ON NE PEUT PLUS CONTINUER TOUT DROIT...
ON DOIT REVENIR SUR NOS PAS ET DEMANDER NOTRE CHEMIN À QUELQU'UN !
PAS QUESTION DE FAIRE DEMI-TOUR AU BEAU MILIEU DE LA COURSE !
ON VA LONGER LA FALAISE !
DITES, VOUS N'AURIEZ PAS UN PETIT CREUX ?
SI ON FAISAIT UNE PAUSE ?

ÇA DONNE LE VERTIGE !
ON NE VOIT MÊME PAS LE FOND...

QUELQUE PART DANS LA VALLÉE DE HALKOR...
OUAH...
ギギイ
CRII

ド
パ
パ
VRRR
パ
パ
パ
SI T'AVAIS PAS SURGI SANS PRÉVENIR !
ET TOI, ALORS ?!
APPELLE LA DÉPANNEUSE !
FLAP

SURTOUT ...
N'HÉSITEZ PAS À NOUS ÉCRIRE !
C'EST AVEC IMPATIENCE QU'ON AT-TEND VOS PIGEONS VOYAGEURS !
ET N'OU-BLIEZ PAS, LA PROCHAINE ÉTAPE DE LA RDB...
SERA PEUT-ÊTRE VOTRE VILLE !
BAM
ARGH ...
BON SANG !
SE FAIRE DOU-BLER PAR CET ENGIN RIQUIQUI... J'Y CROIS PAS !

QU'EST-CE QUE TU VEUX QUE ÇA ME FASSE ?
BOUM
"BONNE CHANCE, GALILED !" ♡
FUIT
!
ET C'EST SIGNÉ "UNE GRANDE TIMIDE DE 82 ANS..."
HEIN ?! 82 ANS ?!
VOILÀ, C'EST TOUT POUR AUJOURD'HUI, CHERS TÉLÉ-SPECTATEURS !

"MOI, JE SUIS SÛRE..."
"QUE C'EST GALILED GALCHEZ, LE ROI DU RALLYE, QUI VA GAGNER !" ♡
DES ARMES ?
COMMENT OSEZ-VOUS PROFANER CETTE COURSE SACRÉE ?!
"C'EST LE GRAND FAVORI, APRÈS TOUT..."
HIN HIN HIN HIN !
SACRÉE ?
TAP
"EN PLUS, IL EST TROP BEAU... AVEC SA BARBE, ON DIRAIT UN OURS BRUN !" ♡

?!
CRI!!!
VOUS DEUX...
CLING
CLANG
CLONG
CLING
CLANG
CLING
DONNEZ-MOI ÇA !
DZZ
"JE LEUR SOUHAITE BONNE CHANCE !"
MERCI BEAUCOUP, BART !
BLAM
PASSONS ...
À UN AUTRE MESSAGE ...

PASSONS MAINTENANT AUX MESSAGES D'ENCOURAGE-MENT DE NOS TÉLÉSPECTA-TEURS !
LE PETIT BART, 10 ANS, DE L'ÉTAT DU MINANO, NOUS ÉCRIT ...
VRR
ガラ
ガラ
DZZZ
"J'ADORE LES FRÈRES SLEUTH ET SLOTH !"
VRRR
CRAC
DZZZZZ
"LEUR VOITURE TRANSFORMA-BLE EST TROP FORTE !"
C'EST DU GÂTEAU, SLEUTH !
ÉVI-DEMMENT, SLOTH !
CLONG
CLING
CLANG

LES CONCURRENTS SONT ÉLIMINÉS LES UNS APRÈS LES AUTRES ...
NOMBREUX SONT CEUX QUI ABANDONNENT, EN LARMES, VAINCUS PAR LE TERRAIN OU PAR LEURS ADVERSAIRES !
RDB, COURIR OU MOURIR...
DÉCIDÉMENT, CETTE COURSE PORTE BIEN SON NOM !
SEULS LES PLUS FORTS S'EN TIRENT, C'EST LA LOI DE LA JUNGLE !

TROIS ... DEUX ...
UN...
ÇA TOURNE !
TADAM
BOUGE-TOI UN PEU !
PAF
EH OUI !
VOICI L'HEURE DU FLASH SPÉCIAL RDB !
OUAIS !
SUIVEZ L'AVANCÉE DE LA COURSE EN DIRECT GRÂCE À NOS 50 CAMÉRAS PLACÉES TOUT AU LONG DU PARCOURS !

MAIS ON EST UNE ÉQUIPE...
ET POURTANT ...
ON NE SAIT RIEN SUR TOI, TRIGGER !

ÇA REMONTE À L'ÉPOQUE OÙ J'ÉCUMAIS LES MERS DU GLOBE À BORD DE MON BATEAU PIRATE...
MENTEUR !
PEU IMPORTE CE QUI A PU SE PASSER ENTRE LUI ET MOI...
ON DOIT ALLER DE L'AVANT...
ALORS GARDE LES YEUX SUR LA ROUTE !

JE PARLAIS DE CE QUE NOUS A DIT PEACEMAKER !
QUE TRIGGER POURRAIT NOUS TRAHIR...
ET QU'EN TOUT CAS, C'EST UN SALE TYPE !
AH, ÇA ?
BEN, POUR ÊTRE HONNÊTE...
JE LE SAIS DE-PUIS LE DÉBUT, QUE C'EST UN SALE TYPE !
HMM, PAS FAUX ...
GRR...
GRR...
GRR...
FAITES COMME SI JE N'ÉTAIS PAS LÀ, SURTOUT !
ESPÈ-CES DE ...
JE ME DEMANDE ...
POURQUOI ...
LE CRIMSON BULLET T'EN VEUT À CE POINT !

ALORS, CYLINDER ...
T'EN PENSES QUOI, TOI ?
MOI ?
EH BIEN...
QUE JE VOUDRAIS UNE TARTE AUX POMMES ET UN SODA AU GINGEMBRE !
MIAM !
JE NE TE DEMANDE PAS CE QUE TU AIMERAIS MANGER À MIDI !

RdB
#5 FRIEND ?

CE N'EST QU'UN VULGAIRE CYNIQUE...
QUI JOUE LES LOUPS SOLITAIRES !
CE CASSE-COU N'EN FAIT QU'À SA TÊTE ET N'ÉCOUTE JAMAIS RIEN...
CLIC
JE N'AR-RIVE PAS À CROIRE ...
QUE J'AIE DÉJÀ PERDU SEPT MINUTES À PARLER DE CE FUMIER !
CRIII
SI C'EST UNE BONNE IDÉE DE RESTER AVEC LUI !
DEMAN-DEZ-VOUS SÉRIEUSE-MENT...
VROUM

JE VAIS VOUS DONNER UN BON CONSEIL ...
COUPEZ IMMÉDIATEMENT LES PONTS AVEC CET HOMME !
CAR SINON, UN JOUR OU L'AUTRE ...
IL VOUS TRAHIRA !

RUN day BURST
ラン・デイ・バースト
2

CRIMSON BULLET
RUN day BURST
ラン・デイ・バースト
2

2
RUN day BURST
ラン・デイ・バースト
YUKO OSADA
KI-OON
shonen

OUF ...
C'EST FINI !
トス
PLAF
FRSH
くしゃ
ガサ
FRSH
VRRR
TRILILI ♪
ÉDITEUR
LA LA LA LA LA ♪
VRRR
ALLÔ ?
TU AS FINI LES FIGURINES DONT TU PARLAIS ?
HEIN ? QUELLES FIGURINES ?
CLAC
MAIS C'EST TOI QUI DISAIS... POUR LES PROPORTIONS...
JE N'AI PAS BESOIN D'UNE MAQUETTE POUR ÇA !
MAIS ...
ET PUIS SI TU CROIS QUE J'AI DU TEMPS À PERDRE...
Je pleure même pas, d'abord !

DANS LES COULISSES DE RDB !
1RE PARTIE
ALLEZ, ON DESSINE UN MANGA...
DE COURSE DE VOITURES !
VLAN
どーーん
VLOUP
くるん
APRÈS DES JOURS ET DES NUITS DE DÉBATS ACHARNÉS, NOUS AVONS ENFIN DÉCIDÉ DU LOOK DES PERSONNAGES ET DE LEURS MACHINES...
C'EST BON, HEIN ?
QUÊTES G...
OUI !
PLIÉES !
BARREL
TRIGGER
TOKYU HANDS
PAPETERIE
DESIGN
BRICOLAGE
IL ME FAUT UN MODÈLE POUR LES PROPORTIONS DES PERSONNAGES ET DES VÉHICULES...
C'EST DÉCIDÉ, JE VAIS FAIRE DES FIGURINES !
どどどん
TADAM
DEUX SACHETS D'ARGILE CELLULOSIQUE
PNEUS EN CAOUTCHOUC
ESPÈCES DE SPATULES
LA CRÉATION DE MANGAS NE SOUFFRE AUCUN COMPROMIS !
PAPIER JOURNAL
PAR CONSÉQUENT, LES MODÈLES RÉDUITS AUSSI DOIVENT ÊTRE IMPECCABLES !
GLOUPS
C'EST LA CRÉATION DE CES FIGURINES...
QUI DÉCIDERA DU SORT DE RDB !!
もくもく もくもく
TAC
TAC
もくもくもくもく

TO BE CONTINUED...

CAR SINON, UN JOUR OU L'AUTRE ...
IL VOUS TRAHIRA !

ET VOUS ?
VOUS ÊTES SES ÉQUIPIERS ?
EUH, SI ON VEUT...
JE SUIS MÉCANICIEN !
ET MOI...
JE VEILLE SUR LUI !
DEPUIS QUAND ?
BEN... ÇA NE FAIT MÊME PAS 24 HEURES QU'ON LE CONNAÎT...
HMM ...
JE VAIS VOUS DONNER UN BON CONSEIL...
COUPEZ IMMÉDIATEMENT LES PONTS AVEC CET HOMME !

EH OH ! STOP ! POUCE !
QU'EST-CE QUI SE PASSE ?!
ÇA FAISAIT LONGTEMPS ...
QUE JE VOULAIS TE COLLER MON POING DANS LA FIGURE !
MAIS JE NE M'ATTENDAIS PAS À TE CROISER ICI...
VOUS ...
VOUS CONNAISSEZ ?
PFF...
COMME SI C'ÉTAIT MON GENRE DE FRÉQUENTER DES FILS À PAPA !

PEACEMAKER
...
TRIGGER
...
POURQUOI
?!

PAF
HEIIIIN
?!

PARDON D'AVOIR DÉBOULÉ COMME ÇA !
EUH... SI ÇA NE VOUS DÉRANGE PAS...
ON PEUT SE SERRER LA...
FUIT ス
HEIN ?

PEACE-MAKER...
LE "CRIMSON BULLET" !
VRAIMENT ?
CE GENRE DE POINTURE PARTICIPE AUSSI À LA RDB ?
OH, IL VIENT PAR ICI !
IL A TROP LA CLASSE, NON ?
TAP
TAP

キン TING
キン TING
キン TING
キン TING
PEACE-MAKER !
QUOI ?
BARREL, TU NE LE RECONNAIS PAS ?
C'EST LE JEUNE PRODIGE DE L'ÉCURIE COLT...
QUI A REMPORTÉ CINQ FOIS DE SUITE...
B1 GRANDPRIX
LE GRAND PRIX DE BULLET 1...
LE CHAMPIONNAT ANNUEL DE COURSE SUR CIRCUIT !

PFF...
ON A EU CHAUD !
JE N'EN REVIENS PAS QU'IL AIT RÉUSSI À NOUS ÉVITER...
CE PILOTE A DE SACRÉS BONS RÉFLEXES !

J'HALLUCINE ...
SE LANCER LÀ-DEDANS SANS MÊME UN PLAN OU UNE BOUSSOLE ...
TU COMPTES FINIR PREMIER DES DÉBILES ?
...
TU M'ÉCOUTES ?
ZZZ
カー
スピー
PFIOU...
IL DORT !!
BRRR
RÉVEILLE-TOI ! REGARDE LA ROUTE ! NE LÂCHE PAS LE VOLANT !!!
FRSH
QUOI ?! PENDANT QUE MADAME PIONÇAIT...
MOI, J'AI PAS DORMI DE LA NUIT !
TU ROULES EN ZIGZAG !
ALORS FAIS UNE PAUSE !

FRITCH
...
N'EMPÊCHE ...
ON N'IRAIT PAS PLUS VITE SUR UNE VRAIE ROUTE ?
ぞばばばばば...
FRSH
JE COMMENCE À ME DIRE LA MÊME CHOSE...
ROULER TOUT DROIT, D'ACCORD, MAIS...
ON RISQUE DE TOMBER SUR DES MONTAGNES, DES VALLÉES, DES RIVIÈRES, DES MERS, ET J'EN PASSE !
EXACTEMENT !
COMMENT ON FERA DANS CES CAS-LÀ ?
FACILE ...
ON FERA UN DÉTOUR !
AUCUN PRINCIPE !

ÇA ME CHANGE DES CIRCUITS...
MAIS JE COMMENCE À M'HABITUER AU BITUME RUGUEUX DES ROUTES DE CAMPAGNE !
C'EST PROMIS ...
JE SERAI LE NUMÉRO UN !
PAS POUR LA RICHESSE, NI POUR LA RENOMMÉE ...
MAIS POUR...
MON ÉQUIPE BIEN-AIMÉE !
VRAOUM

VRR
VRRRRR
9 HEURES, JE PASSE LA ROCHE DES LUNETTES !
VOUS ÊTES DANS LES TEMPS, JEUNE MAÎTRE ! À ZÉRO MINUTE PRÈS...
BIEN !

...
GRRR
ÇA COMMENCE À BIEN FAIRE...
PAF
UNE BONNE DOUCHE ...
NE VOUS FERAIT PAS DE MAL À VOUS NON PLUS !
POF
PLOF

VSHHH
SPLASH
バッシャァァァァァァ
UNE DOUCHE, UN LAVAGE AUTO ET À BOIRE, D'UNE PIERRE TROIS COUPS !
HA HA HA HA !

ぶすっ
...
GRR..
TANT QUE VOUS NE M'AUREZ PAS TROUVÉ UN ENDROIT OÙ ME DOUCHER...
JE NE BOUGERAI PAS D'ICI !
C'EST PARTI, BARREL !
OK !
ET J'AI SOIF, AUSSI...
GRR ...
J'Y VAIS !

ZÉRO !
ドッ
プアアアアア
VRRRR
GOOOOOO !
ガガ
CRAC
ガガ
ガガ
OUAIS !
ドプ
BLOP
ベチャ
PLIC
ガロロ
BROM
ON EST DÉGAGÉS, TRIGGER !
BEAU TRAVAIL D'ÉQUIPE !
YES !
CLAP
...
MAIS ...
OÙ EST PASSÉE CYLINDER ?!
ICI !!

ON FORME UNE ÉQUIPE ...
ALORS ON VA S'EN SORTIR GRÂCE AU TRAVAIL D'ÉQUIPE !
C'EST BON ?
PARFAIT !
POUSSE BIEN, L'EX-FLIC !
COM-MENT ÇA, "EX" ?!
TROIS...
DEUX...
UN...
PLAF

ET DONC...
CE N'EST NI MA FAUTE NI CELLE DE LA VOITURE...
C'EST CELLE DE LA BOUE !
VLAN
TOUTES CES EXPLICATIONS, C'ÉTAIT POUR TE TROUVER UNE EXCUSE ?!
QU'EST-CE QU'ON FAIT LÀ, D'ABORD ?!
ON N'ÉTAIT PAS SUR UNE ROUTE NATIONALE ?!
BEN... SI, MAIS ...
ON S'EST DIT QUE ÇA IRAIT PLUS VITE DE SUIVRE UNE LI-GNE DROITE...
93
UN HOMME DOIT ALLER DROIT AU BUT !
ET RÉSULTAT, ON SE RETROUVE LE BEC DANS LA BOUE !!

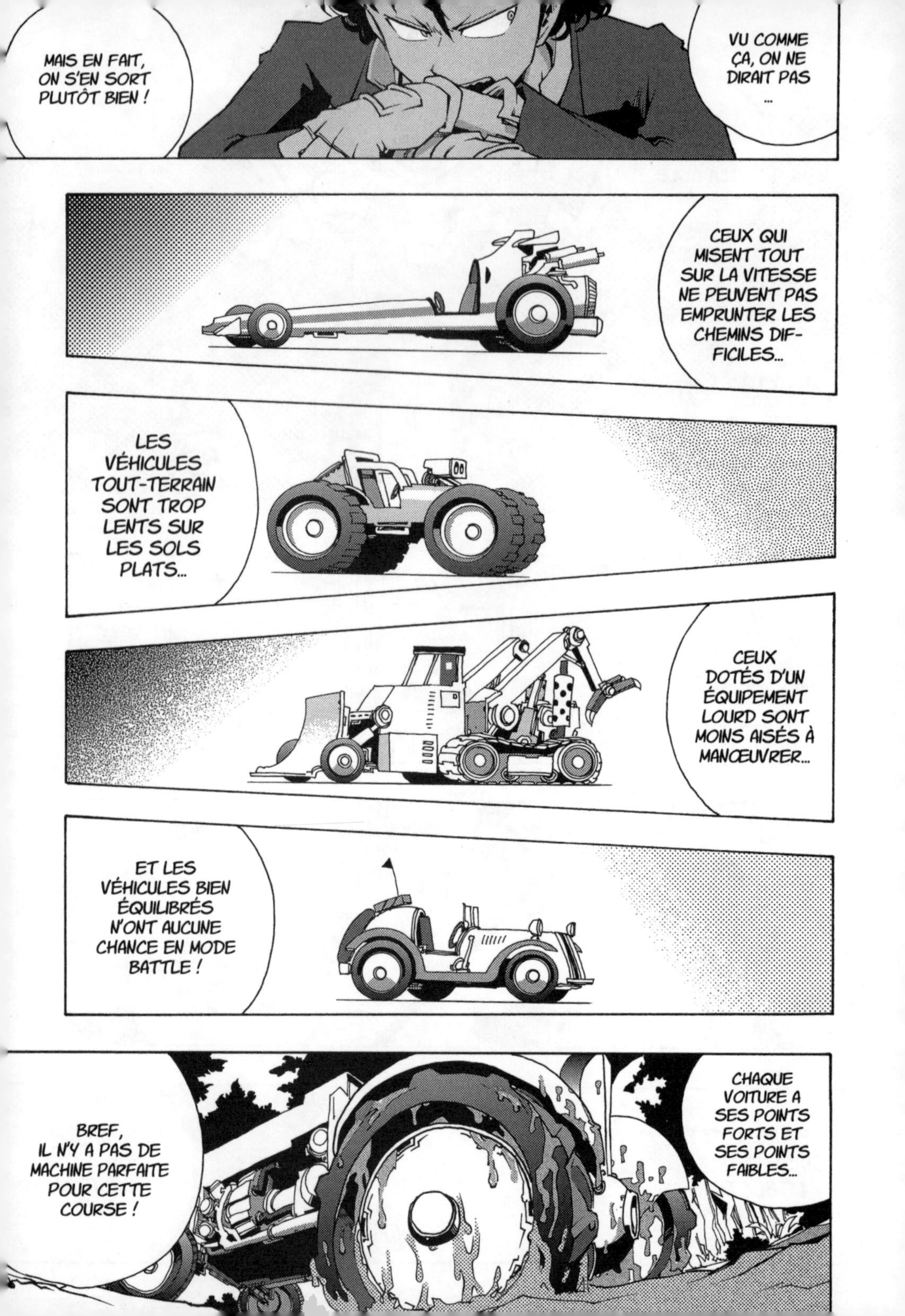
VU COMME ÇA, ON NE DIRAIT PAS ...
MAIS EN FAIT, ON S'EN SORT PLUTÔT BIEN !
CEUX QUI MISENT TOUT SUR LA VITESSE NE PEUVENT PAS EMPRUNTER LES CHEMINS DIF-FICILES...
LES VÉHICULES TOUT-TERRAIN SONT TROP LENTS SUR LES SOLS PLATS...
CEUX DOTÉS D'UN ÉQUIPEMENT LOURD SONT MOINS AISÉS À MANŒUVRER...
ET LES VÉHICULES BIEN ÉQUILIBRÉS N'ONT AUCUNE CHANCE EN MODE BATTLE !
CHAQUE VOITURE A SES POINTS FORTS ET SES POINTS FAIBLES...
BREF, IL N'Y A PAS DE MACHINE PARFAITE POUR CETTE COURSE !

JE RÉPÈTE ...
DON'T MISS IT !
EN TOUT CAS...
QUAND IL Y A AUSSI PEU DE RÈGLES...
OUAAAAH...
FAUT PAS S'ÉTONNER QUE CE SOIT LA PAGAILLE !
CUI
CUI
CUI
VRAIMENT ...
JE NE COMPRENDS PAS...
POURQUOI FAUT-IL QUE JE TROUVE UN TEL BAZAR AU RÉVEIL ?!
ALORS ?
ÇA NE VA PAS, LES ROUES PATINENT COMPLÈTEMENT !
BLOP

EN CETTE DEUXIÈME JOURNÉE DE RDB !
EN DEUXIÈME POSITION, DEUX VÉHICULES BRAVENT LE DÉSERT EN DIRECTION DE L'EST !
EN TROISIÈME POSITION...
ILS FORMENT UN GROUPE COMPACT, ON DIRAIT !
UN PELOTON A MIS LE CAP AU NORD-NORD-OUEST ET TRAVERSE ACTUELLEMENT UNE VILLE !
ET ENFIN, SEUL EN TÊTE...
COUPANT À TRAVERS BOIS EN DIRECTION DU SUD-OUEST...
LE ROI DU RALLYE, GALILED GALCHEZ, MÈNE LA DANSE !
QUE VA-T-IL SE PASSER ?! NE MANQUEZ LA SUITE SOUS AUCUN PRÉTEXTE !
DON'T MISS IT !

RdB
GOOD MORNING …
TOUS LES PILOTES ONT LE MÊME OBJECTIF : LOSDON, À L'AUTRE BOUT DU MONDE !
QU'ILS AIENT PROFITÉ DE LA NUIT POUR SE REPOSER…
OU POUR PRENDRE DE L'AVANCE…
ET AUJOURD'HUI ENCORE…
NOUS VOUS RETRANSMETTONS TOUT EN DIRECT LIVE…
AVEC LA MASCOTTE OFFICIELLE DE LA COURSE, NITRODUCK !
AU BOUT D'UNE JOURNÉE, 100 PARTICIPANTS SUR 500 ONT DÉJÀ ABANDONNÉ …
C'EST CE QU'ON APPELLE UN DÉBUT MOUVEMENTÉ !
START
MAIS AVEC TOUS CES CONCURRENTS ÉPARPILLÉS AUX QUATRE VENTS, QUE DONNE LE CLASSEMENT ?!

HÉ HÉ HÉ ...
ÇA PROMET !
ON VA ALLER DIRE BONJOUR AU VIEIL ATLAS !
OUAIS !

D'AILLEURS, ON N'A NI CARTE NI BOUSSOLE ...
POUR UNE COURSE AUSSI LONGUE, C'EST...
PEUH !
PAS BESOIN DE CES TRUCS-LÀ !
LE SOLEIL SE COUCHE À L'OUEST...
LA TERRE EST RONDE... LE CHEMIN LE PLUS COURT, C'EST LA LIGNE DROITE !
EUH...
OUI, MAIS...
UN TITAN QUI PORTE LE CIEL SUR SES ÉPAULES, LOIN VERS L'OUEST ...
ÇA SE TIENT...
NOUS, C'EST LOSDON QUI NOUS ATTEND LÀ-BAS !

IL S'APPELLE ATLAS !
TU SAIS, COMME UN ATLAS...
UN RECUEIL DE CARTES !

QUAND J'ÉTAIS PETIT...
ON REGAR-DAIT SOUVENT LES ÉTOILES ENSEMBLE...
ET IL ME RACONTAIT PLEIN D'HIS-TOIRES...
SUR LES CONSTEL-LATIONS !
À L'OUEST, AUX CONFINS DE LA TERRE ...
SE TIENT UN TITAN QUI PORTE LA VOÛTE CÉLESTE SUR SES ÉPAULES ...

DIS, TRIGGER ...
ON VA DANS QUELLE DIRECTION ?
HMM...
VERS L'OUEST !
L'OUEST, HEIN...
ON VA VERS ATLAS, ALORS !
ATLAS ?
OUI ...
C'EST CE QUE DISAIT MON PÈRE...

IL S'EST PASSÉ TEL-LEMENT DE CHOSES AU-JOURD'HUI ...
QUE J'EN AI DES FRISSONS !
JE ME SENS À LA FOIS PLEIN D'ESPOIR ET MORT DE TROUILLE !
BARREL
HÉ HÉ HÉ...
TA VIE VIENT DE PRENDRE UN VIRAGE À 180 DEGRÉS...
C'EST NORMAL !
ON EST AU BEAU MILIEU DE LA NUIT ...
MAIS IMPOSSIBLE DE FERMER L'ŒIL !
GN///
TA GARDIENNE DORT À POINGS FERMÉS, POURTANT !
AAAH, ELLE BAVE !
ZZZ

ON DOIT SE TENIR AU COURANT DE L'AVANCÉE DE LA COURSE, NON ?
J'AI RAMASSÉ UNE VIEILLE RADIO DANS LA DÉCHARGE, TOUT À L'HEURE, EXPRÈS POUR ÇA...
BRRR
ぶるっ
ÇA VA ?
TU AS FROID ?
NON...
C'EST PAS ÇA...

QU'EST-CE QUE TU BRICOLES ...
DEPUIS TOUT À L'HEURE ?
HÉ HÉ...
UN AUTO-RADIO !

TOUS ENSEMBLE ...
CÔTE À CÔTE...
NOUS REJOINDRONS LOSDON, OÙ LA GLOIRE NOUS ATTEND !
#4 ATLAS
HOURRA !
HOURRA !

DE PLUS ...
TAC
JEUNE MAÎTRE !
LE REVÊTEMENT EST ABÎMÉ SUR LES ROUTES DE CAMPAGNE...
RÉGLEZ SOIGNEUSEMENT LES AMORTISSEURS !
BIEN !
LAISSEZ-NOUS NOUS OCCUPER DE LA MAINTENANCE !
VOUS ALLEZ TACHER VOTRE COMBINAISON !
QUE DIS-TU, VOYONS ? L'HUILE EST LA SUEUR DES PILOTES !
TU VAS VOIR...
JE VAIS LEUR MONTRER À TOUS QUE POUR MOI, LA COURSE N'EST PAS...
UNE SIMPLE LUBIE D'ARISTOCRATE !
SUR CE...
PASSEZ UNE BONNE NUIT !
BIEN SE REPOSER FAIT PARTIE DU TRAVAIL DU PILOTE !
C'EST VRAI !

JEUNE MAÎTRE ...
FÉLICITATIONS POUR VOTRE PREMIÈRE JOURNÉE DE RDB !
C'EST LA PREMIÈRE FOIS QUE L'ÉCURIE COLT PARTICIPE À UN RALLYE...
COMME PRÉVU, IL VA NOUS FALLOIR UN PEU DE TEMPS POUR AJUSTER LES RÉGLAGES.
ガガガガ
CLING
REPOSEZ-VOUS BIEN CETTE NUIT ...
ON REPART DEMAIN MATIN À HUIT HEURES PRÉCISES !
LE PROCHAIN STAND SE TROUVE À 520 KILOMÈTRES AU SUD SUR LA NATIONALE...
APRÈS CE POINT ...
NOUS AVONS PRÉVU UN STAND TOUS LES 500 KILOMÈTRES SUR L'ITINÉRAIRE OUEST !

RUN day BURST
ラン・デイ・バースト

IFF

MACAQUE SOURNOIS !!
HOU HOU !
EXHIBI-TIONNISTE ! PLANCHE À REPASSER !
C'EST CELUI QUI LE DIT QUI L'EST !
EH BIEN...
QUEL TAPAGE, CE SOIR !

OUI ! TOUT CE QUE J'AI FAIT, C'ÉTAIT POUR PROTÉGER BARREL !
ZWOUF
S'IL GAGNE LA COURSE, PERSONNE N'Y TROUVERA RIEN À REDIRE !
DÉPÊCHEZ-VOUS D'ALLER FAIRE LE PLEIN, QU'ON S'EN AILLE !
DES OBJEC-TIONS ?!
BRR
NON !
LET'S GO !
BARREL, TU DEVRAIS REFUSER, CETTE NANA PORTE LA POISSE !
COLT
LA FERME, CRÂNE DE PIAF !
DU CALME !

JE VIENS AVEC VOUS !
JE SERAI LA GARDIENNE DE BARREL !
HEIN ?!
WOUSH
JE VAIS L'AIDER À DEVENIR NUMÉRO UN !!

TRIGGER ...
ÇA TE VA BIEN, CE NOM !
PARTOUT OÙ TU VAS, TU DÉCLENCHES DES CATAS-TROPHES !
UNE BRUTE, UN SAUVAGE, UNE VRAIE CALAMITÉ SUR PATTES !
JE REFUSE DE CONFIER BARREL À QUELQU'UN COMME TOI !
RREL
S'IL CONTI-NUE CETTE COURSE AVEC TOI...
BAR
REL
HUMMER
IL VA DEVENIR UN VOYOU !
JE N'AI PLUS...
QU'UNE CHOSE À FAIRE...
C'EST DÉCIDÉ !

EN TOUT CAS...
MERCI ...
DE M'AVOIR SAUVÉ !
EH, DIS QUELQUE CHOSE, TOI AUSSI !
HEIN ?
EUH ...
ON T'A EMBARQUÉE DANS UNE COURSE AVEC JUSTE UNE SERVIETTE SUR LE DOS ET TU AS FINI À POIL...
TCHAC
TU AS MANQUÉ DE TE FAIRE ÉCRASER PAR UN ROULEAU COMPRESSEUR ET TU AS FINI À POIL...
POF
ON T'A VOLÉ TON BADGE ET T'AS FAILLI FINIR À POIL...
TAC
PING
TU AS FRAPPÉ UN SHÉRIF ALORS QUE T'ES FLIC... DES POISSAR-DES COMME TOI, J'EN AVAIS JAMAIS VU !
BON, C'ÉTAIT SYMPA, SALUT !
TRIG-GER !
ON Y VA !
EUH ...
OK...
TU CROIS POUVOIR T'EN TIRER COMME ÇA ?!
JE SUIS RECHERCHÉE PAR LA POLICE, MAINTENANT !
MA VIE EST FICHUE !!

AAH ...
VOUSH
AAAAH !
PLAF
OH...
FSH
AAAAAAH !
BOUUUH !
JE SUIS FINIE !
QU'EST-CE QUI M'A PRIS ?!
J'AI FRAPPÉ UN REPRÉSENTANT DE L'ORDRE !

PAF
ONEDERFUL KICK !!

CETTE SITUATION ...
C'EST LA MÊME QUE DANS L'ÉPISODE 83 DE NUMBER ONEDERFUL, "L'ÉTRANGE AFFAIRE DU CAMÉLÉON MOUSTACHU" !!
COMMENT OSES-TU...
?!
DOM
GRR...
ESPÈCE DE...
BRISEUR DE RÊVES !
HEIN ?
SUPER ATTAQUE...
TAP

LES MAUVAISES GRAINES, FAUT LES ÉCRASER AU PLUS VITE !
OH...
AÏE...
PAS VRAI ?!
BARREL ...
N'A RIEN FAIT DE MAL !
JE SUIS EN TRAIN DE RÉALISER LE MIEN !
CE TYPE VA BRISER ...
SON RÊVE...
DEVIENS LE NUMÉRO UN !
PROMIS !
BOBOM

DEVENIR UNE JUSTICIÈRE…
QUI PROTÈGE LES FAIBLES, ARRÊTE LES MÉCHANTS…
ET FAIT RÊVER LES ENFANTS !
POUR L'INSTANT, T'ES PLUTÔT DU CÔTÉ DES CRIMINELS !
STOP !
PLUS UN GESTE !
C'EST BON, LAISSE-MOI RÊVER !
TCHAC
JE T'AI EU, GAMIN !
PLAF
AAH !
BARREL ?!

JE VOULAIS RESSEMBLER À NUMBER ONE-DERFUL !

PARCE QU'IL CONTIENT...
NO.1DERFUL
L'AUTOGRAPHE DE MON IDOLE !
C'EST MON TRÉSOR LE PLUS PRÉCIEUX...
JE L'AI DE-PUIS QUE JE SUIS TOUTE PETITE !
BARREL, TU M'AS DEMANDÉ SI J'AVAIS UN RÊVE, TOUT À L'HEURE...
EH BIEN...

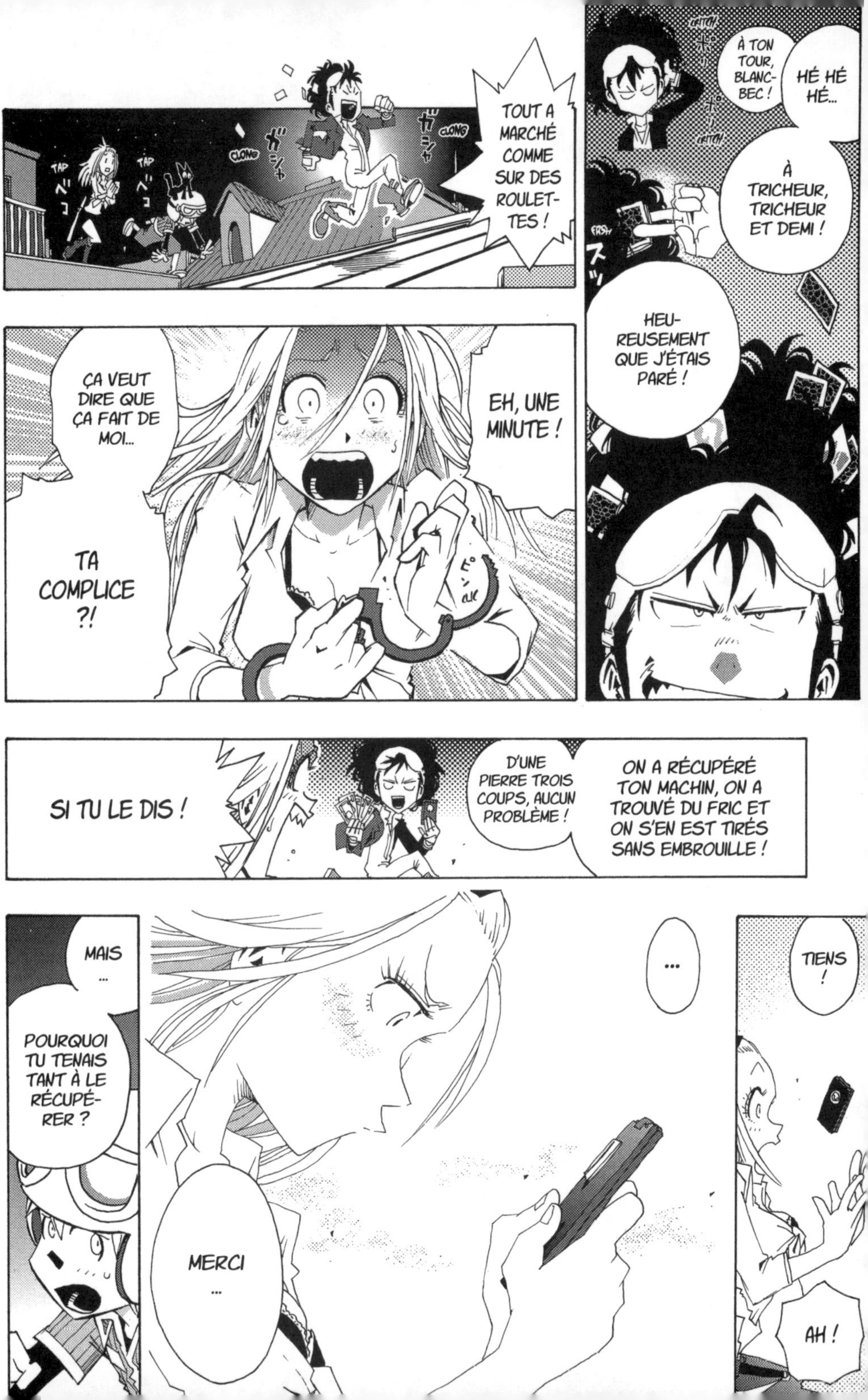

CRITCH
À TON TOUR, BLANC-BEC !
HÉ HÉ HÉ...
CRITCH
À TRICHEUR, TRICHEUR ET DEMI !
FASH
HEU-REUSEMENT QUE J'ÉTAIS PARÉ !
TOUT A MARCHÉ COMME SUR DES ROULETTES !
CLONG
CLONG
TAP
TAP
EH, UNE MINUTE !
ÇA VEUT DIRE QUE ÇA FAIT DE MOI...
CLIC
TA COMPLICE ?!
ON A RÉCUPÉRÉ TON MACHIN, ON A TROUVÉ DU FRIC ET ON S'EN EST TIRÉS SANS EMBROUILLE !
D'UNE PIERRE TROIS COUPS, AUCUN PROBLÈME !
SI TU LE DIS !
TIENS !
AH !
...
MERCI ...
MAIS ...
POURQUOI TU TENAIS TANT À LE RÉCUPÉRER ?

PORT D'ARME ILLICITE, BOUCLEZ-LES !
ON N'Y VOIT RIEN !
BANG
BANG
TAP
TAP
YAAAH !
PRENDS ÇA !

WOOSH
BING
バチン
CLIC
TADAM
?!
ON SE TIRE !!
OK !
CLAP
MAIS CYLINDER EST...
NE ME LAISSEZ PAS !
IL FAIT TOUT NOIR, J'Y VOIS RIEEEN !
POF
NOOOON !
CRAAC

EH LÀ, EH LÀ...
FAUT VOUS DÉTENDRE, UN PEU !
BLAM
QUE PERSONNE NE BOUGE !
PERQUISITION !
ON NOUS A AVERTIS D'UN CRIME À LA RÉSIDENCE NANIWA !!
VOUS TOMBEZ À PIC, SHÉRIF !
J'AI BIEN FAIT DE VOUS APPELER AVANT D'ENTRER...
HEIIIN ?!

VLAM
FAIS PAS TON MALIN, LE CAVE !
C'EST TOI QU'ON VA DÉCOUPER EN CARTES À JOUER !
AAAH !!

FSH
QUINTE FLUSH...
AU CROCODILE NOIR !
PAF
GRR...
HÉ HÉ HÉ, JE VOUS L'AVAIS DIT, NON ?
J'AI DU BOL, EN CE MOMENT !
TIC

JE CHANGE TOUTES MES CARTES !
ばっ
ZWIF
HA HA HA, AU DERNIER COUP ?!
T'ES DÉBILE ?!
HIN !
C'EST COMME SI TU TE COUCHAIS TOUT DE SUITE !
AAAAAH !
TRIGGER ...
DOMMAAAGE !
TU TIRES UNE SALE TRONCHE !
DÉPÊCHE-TOI D'ABATTRE !
HUNT ...

PLAF
HUNT !
BRELAN DE CHIENS ROUGES !
HUNT !
FULL STRIPE, ZÈBRES BLANCS ET TIGRES JAUNES !
FLAP
HUNT !
FRSH
CARRÉ D'HIPPO-POTAMES VIOLETS !
HÉ HÉ HÉ...
À TON TOUR, BLANC-BEC !
ポリ ポリ
CRITCH CRITCH

DOM
DOM
DOM
TRIGGER, TU AS UN BON JEU ?
HEIN ? AH...
NON, QUE DALLE !
QUE D...
HEIN ?!

HÉ HÉ HÉ !
ET TOI, TU AS BIEN PIGÉ...
CE QUI VA SE PASSER SI TU PERDS ?
MÊME SI TU NOUS FILES LA GONZESSE, LE GOSSE...
ET QUE TU VENDS TOUS TES ORGANES, ÇA NE SUFFIRA PAS !
ALORS JE RAJOUTE MA BAGNOLE !

PLOC
ON COMMENCE !
PARTIE EN UNE MANCHE ...
ET PAS D'ENTOURLOUPE !
CELUI QUI A LE MEILLEUR JEU...
RAFLE TOUT !
TCHAC
ENTENDU ?
TAP
T'AS INTÉRÊT À GAGNER !!
TAP
T'ENTENDS, CERVELLE DE PIAF ?!

JE PEUX ...
ME JOINDRE À VOUS ?
HEIN ?!
JE VAIS TE BUTER !
AT-TENDS !
C'EST JUSTE UN BLANC-BEC QUI FAIT LE MARIOLLE DEVANT SA GRELUCHE !
OK ...
TU VEUX JOUER AVEC LES GRANDS ?
ON VA T'APPRENDRE !

QU'IL FALLAIT QUE JE CHERCHE DU BOULOT !
HEIN ?
TU NE VAS PAS T'EN TIRER COMME ÇA !
T'ES QUI, TOI ?!
EFFECTIVEMENT...
JE CROIS QUE NON !
HMM...
VOUS JOUEZ AUX ANIMAUX DE COULEUR...

CYLINDER !
ÇA VA ?!
BARREL !
VOUS ÊTES VENUS ...
ME SAUVER ?
NON ...
PAS SPÉCIALEMENT !
HAN
QUOI ?!
ALORS POURQUOI ?!
C'EST TOI...
QUI AS DIT...

PAF
ENCORE À POIL ?
ANDOUILLE, VA !
TRIGGER !

じゃらっ
CLING
んっ
ばしぃ
ZWOUF
ピン
CLIC...
AH...
ブッ
FSH
NOOON!

BRRR
TU CROIS QU'ON VA TE LE RENDRE BIEN GENTIMENT...
ALORS QUE TU NOUS AS TRAITÉS DE VOLEURS ?
DANS CE CAS ...
QU'EST-CE QUE VOUS VOULEZ QUE...
ÇA...
SNAP
C'EST ÉVIDENT, NON ?
FRSH
SI CE TRUC EST IMPORTANT POUR TOI...
MES MENOTTES !
CLIC
NIARK
CLING
QU...
FAUT NOUS REFILER UN TRUC AUSSI PRÉCIEUX EN ÉCHANGE !
CLAC

C'EST VRAI ? TU L'AS CHOURÉ ?
MAIS NON...
JE L'AI TROUVÉ PAR TERRE !
JE SUIS CHOQUÉ PAR CETTE ACCUSATION !
LA FAMILLE NANIWA ...
UN GANG DE VOLEURS QUI S'EN PREND AUX ÉTRANGERS...
J'AI ENTENDU PARLER DE VOUS !
ET TU COMPTES FAIRE QUOI, LA FLIQUETTE ?
T'ES UN PEU LOIN DE TA JURIDICTION, NON ?
C'EST VRAI, JE N'AI AUCUN POUVOIR OFFICIEL DANS CETTE VILLE ...
JE VOUDRAIS SEULEMENT RÉCUPÉRER MON BADGE, C'EST IMPORTANT.

VLAM
EH BEN, C'EST RARE QU'ON AIT DES INVITÉS !
C'EST LE QG DE LA FAMILLE NANIWA, ICI !
T'AS CONFONDU AVEC UN SALON DE BEAUTÉ ?
C'EST LE BADGE QUE TU M'AS VOLÉ !!
RENDS-LE-MOI !

...
NAN !
EH, MORVEUX !
FILE-MOI UN BÂTON !
Y A DE LA MONNAIE AU FOND...
PAS DE DOUTE, C'EST LEUR MOTO !
ILS SONT DANS CE BÂTIMENT...
HAN
HAN
NE T'INQUIÈTE PAS...
JE VEUX SEULEMENT RÉCUPÉRER MON BADGE !
CYLINDER, TU NE VAS TOUT DE MÊME PAS ENTRER ?!
C'EST TROP DANGEREUX !
RESTE ICI, BARREL !

POUT
TCHAC
ぱしっ
POUT
POUT
FSH
バッ
EUH ...
ILS ONT TOUT PRIS !!
C'EST PAS VRAI !
HEIN ?
BOBOM
UNE SECONDE ...
DANS MON BADGE...
FSH
ダッ
CYLINDER ?!

ALORS
...
DEVIENS
LE NUMÉRO
UN !
PROMIS !

TAP
J'AI COMPRIS ...
JE NE CHERCHERAI PAS À TE RETENIR !
カラン
コロン
カラン
DILING
ZWIF
スッ
J'AI QUELQUES ÉCONOMIES CACHÉES DANS MON BADGE ...
JE TE LES PRÊTE !
MAIS ...
PAS UN MOT À L'AUTRE IDIOT, OK ?
C'EST VRAI...
TU ES UN GARÇON, APRÈS TOUT ...

QUOI QU'IL EN PENSE...
IL SERAIT AVEC MOI, J'EN SUIS SÛR !
BARREL
JE VAIS DEVOIR FERMER MON ATELIER QUELQUE TEMPS...
PASSE LE BONJOUR AUX GENS DU VILLAGE DE MA PART !

TOI AUSSI ...
TU DOIS BIEN AVOIR UN RÊVE, NON ?
UN RÊVE ?
LÀ...
JE SUIS EN TRAIN DE RÉALISER LE MIEN !
JE SUIS CONTENTE POUR TOI, MAIS...
QUE PENSERAIT TON PÈRE ...
DU FAIT QUE TU PARTICIPES À UNE COURSE AUSSI DANGE-REUSE ?

FILE-MOI...
HOP !
DU FRIC !
ET PUIS QUOI EN-CORE ?!
ON NE T'A JAMAIS APPRIS LA POLITESSE ?!
BARREL, VIENS AVEC MOI !
AAH !
ET MOI ?
T'AS QU'À CHERCHER DU BOULOT !
EH, MOR-VEUX ...
FILE-MOI DU BLÉ !
NAN !
DIS, BARREL ...
TU VEUX VRAI-MENT CONTINUER LA COURSE AVEC CE VAURIEN ?
OUI...
ÉVIDEM-MENT !

SAUF ...
QU'ON N'A PAS UN ROND !
AH BON ?!
ET L'ESSENCE, ALORS ?!
BEN...
ET LA BOUFFE ?!
CHAIS PAS !
SI TU RÉFLÉCHISSAIS AVANT D'AGIR, AUSSI !
J'AI VRAIMENT PASSÉ UNE SALE JOURNÉE...
EMBARQUÉE DE FORCE À DES KILOMÈTRES DE CHEZ MOI...
MAIS ON VA ENFIN POUVOIR SE QUITTER !
JE M'ACHÈTE DE NOUVEAUX VÊTEMENTS ET JE RETOURNE AU COMMISSARIAT !

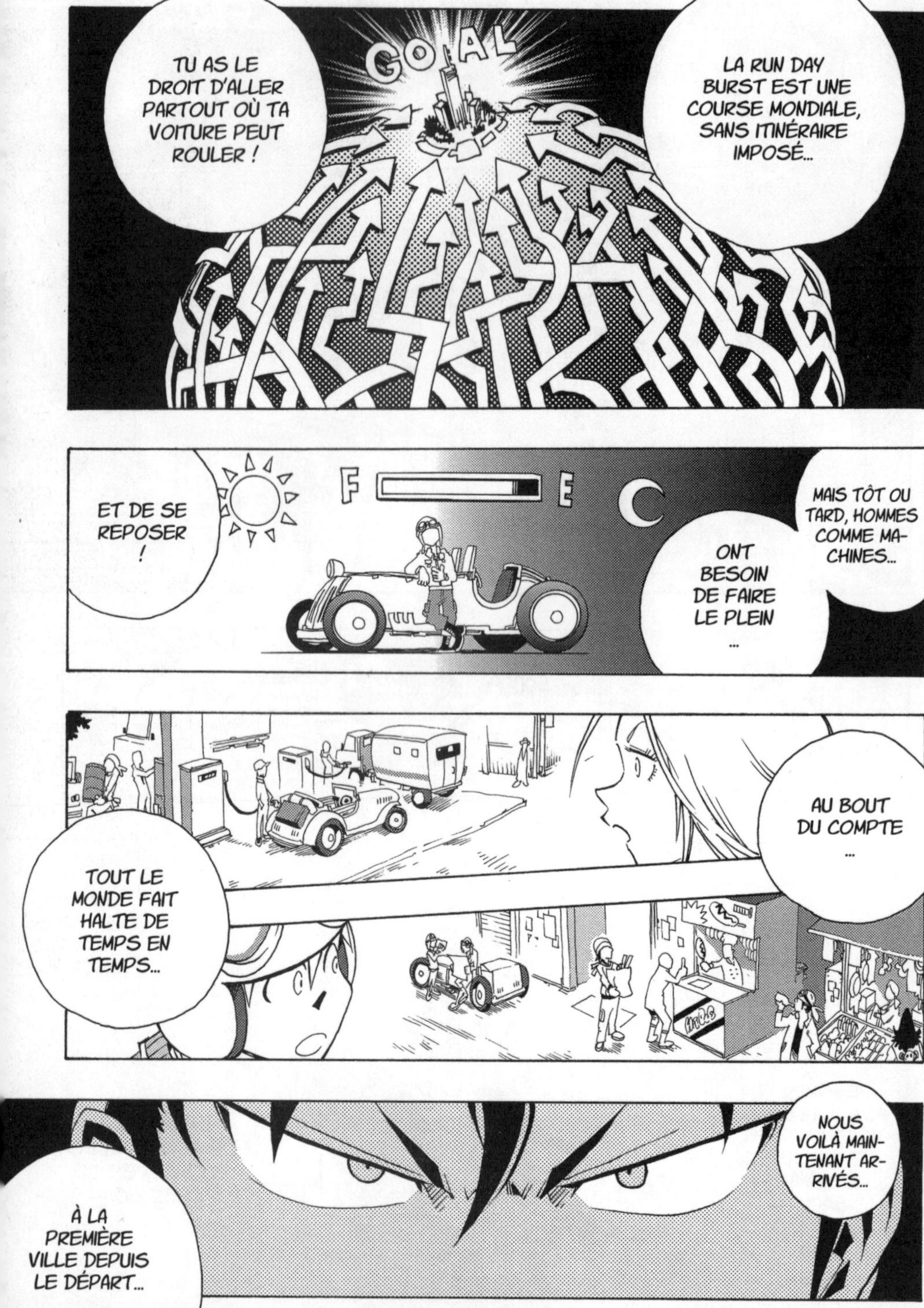
GOAL
LA RUN DAY BURST EST UNE COURSE MONDIALE, SANS ITINÉRAIRE IMPOSÉ...
TU AS LE DROIT D'ALLER PARTOUT OÙ TA VOITURE PEUT ROULER !
F E
MAIS TÔT OU TARD, HOMMES COMME MA-CHINES...
ONT BESOIN DE FAIRE LE PLEIN ...
ET DE SE REPOSER !
AU BOUT DU COMPTE ...
TOUT LE MONDE FAIT HALTE DE TEMPS EN TEMPS...
NOUS VOILÀ MAIN-TENANT AR-RIVÉS...
À LA PREMIÈRE VILLE DEPUIS LE DÉPART...

#3 NO MONEY

UNE VILLE !
ÇA TOMBE À PIC, HEIN, TRIGGER ?
JUSTEMENT, ON N'A PRESQUE PLUS D'ESSENCE ! EN PLUS, J'AI UNE DE CES FAIMS...
HUMPF...
1
2
ÇA T'APPREN-DRA À ARRACHER DEUX FOIS LES VÊTEMENTS D'UNE JEUNE FILLE IN-NOCENTE !
EH, LA DEUXIÈME FOIS, C'ÉTAIT CE CRÉTIN DE CHAT !
LAISSE HUMMER TRANQUILLE !

RUN day BURST
ラン・デイ・バースト

ARRÊTE-TOI TOUT DE SUITE ! JE VEUX RENTRER !
AÏE, ÇA SUFFIT !
PAF
PAF
T'ATTENDRAS LA PROCHAINE VILLE !
ET OÙ EST MA VESTE ?!
ICI !
PFF ...
DÉCIDÉMENT ...
FSH
HIIIIIII!
ENCORE ?!
HUMMER, VILAIN CHAT !
HÉ HÉ ! J'AI VRAIMENT DU BOL, MOI !

LES RÊVES, ÇA NE S'ACHÈTE PAS AVEC DE L'ARGENT !
PFF...
BANDE D'INCONSCIENTS !
MAIS D'AILLEURS, QU'EST-CE QUE JE FAIS ENCORE ICI ?!

ドドドドドドドドドドドドドドドドド
VRRRR
IL FAUT RATTRAPER LE TEMPS PERDU !
ON FONCE !
OUAIS !
DÉSOLÉ ...
TU AVAIS MIS DE L'ARGENT DE CÔTÉ EXPRÈS...
IDIOT, NE T'EN FAIS PAS !
ON S'EN FICHE, DE ÇA...

BROOM
BRRR
BRRR
VRRR
HÉ HÉ HÉ !
LES FILLES NE PEUVENT PAS COMPRENDRE !
CLAP

C'EST QUOI ?
TON PV POUR NON-RESPECT D'UN STOP !
TU AS INTÉRÊT À PAYER L'AMENDE !
EUH... J'AI PLUS UN ROND SUR MOI, LÀ...
T'AS SUIVI CE QUI S'EST PASSÉ ?
DANS CE CAS, PAIE-LA APRÈS AVOIR GAGNÉ LA COURSE !
JE TE JURE...
QUEL IDIOT !
VOULOIR CONTINUER APRÈS AVOIR RISQUÉ LA MORT...
ÇA ME DÉPASSE !
ÇA TOURNE PAS ROND DANS TA TÊTE !

JE CONNAIS BARREL DEPUIS QU'IL EST TOUT PETIT ! IL NE FERAIT JAMAIS UNE FOLIE PAREILLE !
REGARDE-LE PLUS ATTENTIVEMENT, ALORS !
C'EST LE VISAGE DE QUELQU'UN À QUI ON FORCE LA MAIN, ÇA ?
...
HÉ HÉ HÉ !
QUOI QU'IL EN SOIT...
EN TANT QU'AGENT DE POLICE ...
JE NE PEUX PAS FERMER LES YEUX SUR TES CRIMES !

CLANG
ガチャ
CLING
ガチャ
CLANG
カチャ
CLONG
ガチャ
JE N'ARRIVE PAS À CROIRE QUE TU AIES EN-TRAÎNÉ BARREL LÀ-DEDANS !
C'EST QUOI, TON PROBLÈME ?
QU'EST-CE QUE TU ME CHANTES ?
JE N'AI PAS LE SOUVENIR D'AVOIR FORCÉ QUI QUE CE SOIT !

OUAIS !
BIEN !
BON, BEN...
JE RE-TOURNE DANS MES CHAMPS, MOI !

TU PEUX RÉPARER LA VOITURE, AVEC ÇA ?

ELLES M'AURONT COÛTÉ UNE BLINDE, CES PIÈCES !
PAF
BAM

PLOUF
TRIGGER
...
POUR-
QUOI
?
PLAF
PLITCH
!

BOUM
TRIGGER !!

HEIN ?
QU'EST-CE QU...
CRITCH
MAIS QU...
GRR...
ILS BLOQUENT LA TURBINE !
MA SER-VIETTE !
LES BILLETS !
CRITCH
WOUSH
NOOON... ELLE EST PRISE DANS LA TURBIIINE !
CRITCH
CLANG

YAAAA...
AAAH !
WOOSH
AH !
L'ARGENT !!
WOOSH
TIENS, BOUFFE LE SAC AUSSI !
VSH
?
C'EST QUOI, CE FIL ?
CRITCH

JUSTE AVANT LE DÉPART, MA CAISSE POURRIE ME LÂCHE...
ET LÀ, PAF, J'ATTERRIS DANS UN GARAGE...
VERMINE ! CRÉTIN ! ORDURE !
SANS-CŒUR !
OÙ JE TROUVE UNE NOUVELLE BAGNOLE ET UN MÉCANO !
ET ALORS QU'ON EST SUR LE POINT D'ABANDONNER APRÈS 50 MÈTRES...
GRÂCE À TOI, ON EST SAUVÉS !
DAME FORTUNE ...
VEILLE SUR MOI !
C'EST DU GÂCHIS...
MAIS C'EST LA SEULE IDÉE QUI ME VIENT !

BAM
TIENS ?!
T'ES QUI, TOI ?!
TU VEUX TE FAIRE ÉCRA-SER COMME UN INSECTE, ABRUTI ?!
CES DERNIERS TEMPS...
J'AI UNE VEINE DE COCU !
JUSTE APRÈS AVOIR DÉCIDÉ DE PARTICIPER À CETTE COURSE...
JE GAGNE UNE FORTUNE AU CASINO...

TU N'AS QUAND MÊME PAS L'INTEN- TION...
DE NOUS PLANTER LÀ ?!
JE NE SUIS PAS DU GENRE À PARIER SUR UNE ÉQUIPE PERDANTE !
TRIGGER ...
HOP !

ALLEZ, À PLUS !
QUOI ?!
HEIN ?

BRRR
L'ENGIN DE CE TYPE EST ÉQUIPÉ D'UN ÉNORME TURBO-MOTEUR !
ON N'EST PAS DE TAILLE !
UN TURBO-MOTEUR ?!
C'EST QUOI, ÇA ?!
ÇA PRODUIT DE L'ÉNERGIE EN ASPIRANT DE L'AIR !
C'EST COMME UN PE-TIT RÉACTEUR D'AVION !
IL NOUS A...
VRRR
DÉJÀ RATTRA-PÉS !
BROOOM
PRENDS LE VO-LANT !
FUIT
HEIN ?
EH, AT-TENDS !
HÉ HÉ HÉ ...
CLANG
PARFAIT !

CLONG
CRAC
CLAC
CLAC
JE NE PEUX PAS MANŒUVRER, LE VOLANT NE RÉPOND PLUS !!
GH...
LES ROUES AVANT SONT À NU !
IL VA SUR-CHAUFFER !
LE RADIATEUR NE MARCHE PLUS !
NE FAIS PAS TROP FORCER LE MOTEUR !
ON FAIT QUOI, ALORS ?!

J'AI PAS ENVIE DE ME FAIRE ÉCRABOUILLER PAR CE MONSTRE !!
CRIII
BROOOM
CRIC
CRAC

JE SUIS LENT À DÉMARRER, MAIS...
BROOOM
UNE FOIS LANCÉ, ON NE M'ARRÊTE PLUS !
DU VENT, LES PERDANTS !
BROOOM
VOUS GÊNEZ LE PASSAGE !
JE RÊVE ...
S'IL NOUS PASSE DES-SUS, ON EST FICHUS...
MONTEZ !
HOP !
QUOI ?!
ELLE N'EST PAS EN ÉTAT DE ROULER !

HÊ HÊ HÊ...
C'EST ...
MOUAHAHAHAHAHA!
BANG
C'EST QUOI, CE TRUC ?!

AAH !
BLAM
?!
POUF
BRRROOOOOM
BING

DÈS QUE TU CONSIDÈRES QUE QUELQUE CHOSE EST IMPOSSIBLE, TES CHANCES DE RÉUSSITE TOMBENT À ZÉRO…
MOI, JE REFUSE DE RENTRER DANS CE JEU-LÀ !
POURQUOI…
TU T'OBSTINES ?
HEIN ?
C'EST ÉVIDENT, NON ?
PARCE QUE JE SUIS UN MEC !

ガチャッ
POF
…
TAP
ザッ
OÙ TU VAS ?
JE N'AI PAS BESOIN D'UNE VOITURE QUI NE ROULE PAS ET D'UN MÉCANO QUI NE FAIT RIEN !
JE VAIS CONTINUER CETTE COURSE, MÊME SI C'EST EN VÉLO OU SUR UNE REMORQUE !
ÇA NE…
MARCHERA JAMAIS !

ALORS QUE LE TRACTEUR QUE M'A LÉGUÉ MON PÈRE...
ROULAIT ENFIN À NOUVEAU ...
ALORS QUE LA COURSE VENAIT À PEINE DE COMMENCER...
TOUT EST...
DÉJÀ FINI !
PLAF
GH ...
SNIF ...

PARCE QUE TU CROIS QUE ÇA ME FAIT PLAISIR ?!
JE SUIS LE MEILLEUR RÉPARATEUR DU VILLAGE...
JE PEUX TOUT RÉPARER !
MAIS SANS PIÈCES...
ON NE PEUT RIEN FAIRE ! RIEN !

ALORS POUR TOI, ÊTRE LE NUMÉRO UN...
C'EST SEULEMENT ÇA ?
JE T'AI SURESTIMÉ, ON DIRAIT !
EN FIN DE COMPTE, TU N'ES QU'UN PETIT TROUILLARD INDÉCIS !

J'AI PU ÊTRE PREMIER AU DÉPART...
J'AI EU PEUR... ET ÇA N'A PAS DURÉ LONGTEMPS, MAIS...
C'ÉTAIT CHOUETTE !
MERCI DE M'AVOIR PERMIS...
DE RÉALISER MON RÊVE !
BARREL
PLOF

DÉSOLÉ ...
ON VA DEVOIR S'ARRÊTER LÀ...
OÙ EST PASSÉE TON ÉNERGIE DE TOUT À L'HEURE ?
JE CROYAIS QUE TU VOULAIS DEVENIR LE NUMÉRO UN !

LES PNEUS AVANT SONT CREVÉS...
PSHII
LE RADIATEUR EST FOUTU...
IL FAUT TOUT CHANGER, MAIS...
ON N'A MÊME PAS UNE ROUE DE SECOURS !
J'IGNORAIS QUE CETTE COURSE ÉTAIT AUSSI BRUTALE, JE N'AI RIEN EU LE TEMPS DE PRÉPARER...
ARRÊTE DE ME SORTIR DES EXCUSES BIDONS !
LA MÉCANIQUE, C'EST PAS MON PROBLÈME !
T'AS QU'À REMBOURRER LES PNEUS AVEC DE L'HERBE OU DE LA TERRE !
ET VIRE LE RADIATEUR, ON N'EN A PAS BESOIN !
C'EST IMPOSSIBLE, JE TE DIS !
RÉALISER L'IMPOSSIBLE, C'EST ÇA, ÊTRE UN MEC !
JE PILOTE, TU RÉPARES !
TROUVE UNE SOLUTION !

IMPOSSIBLE !
JE N'AI PAS DE PIÈCES DE RECHANGE !
QUOI ?!
BEN... EUH...
REGARDE TOI-MÊME !

ABAN-DONNER ?
ATTENDS UN PEU !
JE M'HA-BILLE !
ET PUIS QUOI EN-CORE ?
HEUREUSEMENT, LA CAISSE N'A PAS TROP DE DÉGÂTS...
LA ROUTE EST LONGUE, ON POURRA FACILEMENT RAT-TRAPER NOTRE RETARD !
BARREL !
RÉPARE LE BOLIDE, ET ON MET LES GAZ !

J'AI GRILLÉ UN STOP.
QUOI, C'EST TOUT ?!
QUELLE DÉCEPTION !
C'EST VRAI ?!
JE L'IGNO-RAIS !
MES FREINS M'ONT LÂCHÉ D'UN COUP ! ET TOUTES CES BAGNOLES SE SONT LANCÉES À MES TROUSSES !!
MAIS ALORS ...
L'ARGENT DANS TON SAC, IL VIENT D'OÙ ?
LE BLÉ ?
JE L'AI GAGNÉ AU CASINO...
POUR FINANCER LA COURSE !
TU N'AURAS PAS LE TEMPS DE LE DÉ-PENSER...
TU VAS M'ACCOM-PAGNER AU POSTE !
OÙ J'AI MIS MES MENOT-TES ?
...
OÙ SONT MES FRINGUES, D'ABORD ?!
MAIS QU'EST-CE QUE J'EN SAIS ?!
ACCROCHÉES À LA VOITURE, JE TE DIS !
ZWIF
ぱ

QU'EST-CE QUI TE PREND, BARREL ?!
POURQUOI TU VIENS EN AIDE À UN FUGITIF ?!
MAIS C'EST VRAI, TOUTES CES VOITURES DE POLICE...
C'EST UN FUGITIF !!
MAIS...
MAIS...
T'ES DUR À LA DÉTENTE !
QU'EST-CE QUE TU AS FAIT...
AU JUSTE ?
POURQUOI CES POLICIERS TE POURSUIVENT ?
BOUM
BOUM
BOUM

PAF
TU T'ES ENFIN ARRÊTÉ, ESPÈCE DE FOU FURIEUX !
POUR CONDUITE DANGEREUSE, DESTRUCTION DU BIEN D'AUTRUI, ENTRAVE À AGENT DANS L'EXERCICE DE SES FONC-TIONS, TENTATIVE D'ENLÈVEMENT...
TU ES EN ÉTAT D'ARRES-TATION ...
ET SURTOUT ...
POUR COMPLICITÉ D'OUTRAGE PUBLIC À LA PUDEUR !
PEINE CAPITALE !!
HEIN ?!
CALME-TOI...

C'EST QUOI, CETTE COURSE ?
ÇA NE RIGOLE PAS...
C'EST LA RUN DAY BURST, LES RÈGLEMENTS HABITUELS NE S'APPLIQUENT PAS !
COMME PRÉVU, ÇA NE VA PAS ÊTRE DU GÂTEAU !

COMME IL N'Y A PAS D'ITINÉRAIRE IMPOSÉ JUSQU'À LOSDON, LES CONCURRENTS PEUVENT EMPRUNTER N'IMPORTE QUELLE ROUTE ET CHOISIR LE TYPE DE TERRAIN QUI LES ARRANGE !
IL N'Y A QU'UNE SEULE RÈGLE : "CHAUSSEZ VOS PNEUS !"
EN DEHORS DE ÇA, TOUT EST PERMIS !
QUI REMPORTERA LE PREMIER PRIX, LE JOYAU DALIGADRIGO D'UNE VALEUR D'UN MILLIARD DE GEARS ?!
QUI MARQUERA À JAMAIS L'HISTOIRE DES COURSES AUTOMOBILES ?!
QUI SE COUVRIRA DE GLOIRE ?!

C'EST CHACUN POUR SOI !
CRASH
COLLISIONS, QUEUES DE POISSON, OBSTRUCTION… TOUS LES MOYENS SONT BONS !
CLANG
AAAAH !
CRI!!
CRI!!
ACCROCHEZ-VOUS !
NOMBREUX SONT CEUX QUI DOIVENT ABANDONNER DÈS LE DÉPART…
BAM
C'EST UNE VÉRITABLE MÊLÉE GÉNÉRALE !
YAAAH !

VRRRRR
AAAH !
ILS NOUS ONT RAT-TRAPÉS !
HÉ HÉ !
C'EST MAINTENANT ...
QUE LA COURSE COMMENCE VRAIMENT !
TOUTES LES VOITURES SONT PARTIES EN MÊME TEMPS...
ET DANS LE CHAOS QUI S'ENSUIT...
VRRRRR

ON PART EN TÊTE, TRIGGER !
OUAIS !
ÉVIDEM-MENT !
POURQUOI TU CROIS QU'ON PAR-TICIPE À CETTE COURSE ?
POUR FINIR PREMIERS !
EXACTEMENT !

BLANG
!
CRIII
NOOOOO !
MY CAR !
AÏE !
ZOON !
CRIII
AAH !
CRIII
CLONG
CLONG
BING

BARREL

#2 STOP

L'AVENTURE D'UNE VIE...
LA COURSE QUI TRAVERSE TOUS LES CONTINENTS, SILLONNE TOUS LES PAYS ET PARCOURT LA MOITIÉ DU GLOBE...
RUN DAY BURST !

RUN day BURST
ラン・デイ・バースト

GO!

ET JE
DEVIENDRAI...
F.LAP
LE NUMÉRO UN !

JE VAIS ENTRER DANS LA COURSE...
BARREL

VROOM
PAR LÀ !

DING
!
BOUM
MAINTENANT !
TCHAC
YLAF

AAAH !
BLANG
BLANG
HIIII !
VRR
UNE SECONDE D'INATTENTION, AU VOLANT, ÇA NE PARDONNE PAS !
1

FLAP

ET LÀ, C'EST BON ?!
ENCORE TROIS SE-CONDES !
3
CYLINDER ?!
QU'EST-CE QUE TU FAIS ICI, ET DANS CETTE TENUE ?!
À L'AIDE !
VRRRRR
ÉCARTE-TOI !
BARREL, BAISSE-TOI !
AAH !
2
WOOSH
VISE LE PILOTE !

WOOSH
PAS ENCORE !
C'EST BON ?!
USH
ET LE FEU DU DÉPART ...
ET MES FRINGUES, ELLES SONT OÙ, MES FRINGUES ?!
J'AI TROP LA HONTE !
QU'EST-CE QUE J'EN SAIS, MOI ?!
TOUT VA BIEN, ELLES SONT ACCROCHÉES AU CAPOT !
FLAP
FLAP
!
PON
PIN
STOP !
SI VOUS NE VOUS ARRÊTEZ PAS DANS TROIS SECONDES ...
TCHAC
TCHIC
NOUS OUVRONS LE FEU !!
VIENT DE PASSER AU VERT !!

TCHAC
LA COURSE QUI TRAVERSE TOUS LES CONTINENTS...
CRIC
CLANG
VRRR
SILLONNE TOUS LES PAYS ET PARCOURT LA MOITIÉ DU GLOBE...
CRRRIC
CLONG
RUN DAY BURST !
!
UN SUR-COMPRESSEUR ?!

DÈS QU'ON AURA DÉPASSÉ LA FOULE, JE COUPERAI LE LIMITEUR, ALORS À MON SIGNAL...
METS LA GOMME !

AAAH !!
PON
PIN
PON
PIN
ENCORE ?!
ZUT !
ILS NOUS ONT DÉJÀ RATTRA-PÉS !
À CE RYTHME ...
NON...
ÇA VA ALLER !
SI CETTE VOITURE EST AUSSI LENTE ...
C'EST PARCE QUE JE N'AVAIS PAS PRÉVU DE FAIRE UNE COURSE AVEC...
DU COUP, J'AI LAISSÉ LE LIMITEUR DE VITESSE ENCLENCHÉ !
QUOI ?!

OUPS !
ELLE M'A GLISSÉ DES MAINS !
HIN !
T'AS FAIT TES ADIEUX À TES POTES ?
OUAIS !
C'EST BON !

OUAH !
SUPER !
AAAH !
C'EST BARREL !
ガ
ギャ
PAF
C'EST LA RADIO QUE JE LUI AVAIS DEMANDÉ...
DE RÉPARER ...

VRR
YAAAA...
AAAAAAH !
VROUF
VROUF
VROUF
AT-TENTION, J'ARRIVE !!
CHAUD DEVANT !

LE RIDEAU VA SE LEVER ...
SUR CETTE COURSE HORS DU COMMUN !!
PIN PON PIN PON
ET EN PRIME, ON A UN RÉGIMENT DE FLICS AUX FESSES !
POUR COURONNER LE TOUT, CETTE BAGNOLE...
EST ENCORE PLUS LENTE QUE CE QUE JE PENSAIS !
BEN OUI...
FORCÉMENT !
JE N'AVAIS PAS PRÉVU DE PARTICIPER À UNE COURSE AVEC...

DANS UN INSTANT …
VRRP
TRIGGER, ON VA ARRIVER À TEMPS ?!
LAISSEZ-MOI DESCENDRE !
ÇA VA ÊTRE CHAUD !
LA PREMIÈRE LIGNE, C'EST MÊME PAS LA PEINE D'Y PENSER, ET MÊME LA DERNIÈRE POSITION, ÇA S'ANNONCE DIFFICILE !
LE PUBLIC NOUS BARRE LA ROUTE…
SANS COMPTER QU'APRÈS, IL Y A ENCORE LES CAMIONS, CES BOULETS !

CRÉATEURS D'ENGINS QUI S'ADAPTENT AU TERRAIN …
À LA FOIS PILOTES ET MÉCANICIENS, LES JUMEAUX DE GÉNIE…
SLEUTH ET SLOTH !
ET POUR FINIR, L'HÉRITIER SURDOUÉ DU CONGLOMÉRAT S&W…
UN PUR-SANG QUI N'A PAS ENCORE DONNÉ TOUTE SA MESURE …
S. W. SCHOFIELD !
ALORS …
QUI FINIRA AURÉOLÉ DE GLOIRE ?!
OUAIS !
OOOH !
VRRRR
VRRRR
TOUS LES PARTICIPANTS SONT MAINTENANT REGROUPÉS EN DEMI-CERCLE SUR LA LIGNE DE DÉPART !

PLUS QUE QUELQUES MINUTES !
FAISONS UN DERNIER TOUR D'HORIZON DES GRANDS FAVORIS !
CELUI QU'ON SURNOMME "LE ROI DU RALLYE"...
LE LION NOIR QUI DOMINE LE MONDE DU RALLYE SUR LES SEPT CONTINENTS ...
GALILED GALCHEZ !
LE P.-D.G. DU GRAND CONSTRUCTEUR DE VOITURES DE SPORT "CIELA"...
UNE FEMME AU TEMPÉRAMENT DE FEU, QUI SE LANCE DANS LA COURSE AU VOLANT DE SES PROPRES BOLIDES...
CIELA MINESCOTT !!
ÇA Y EST !
LE MOMENT TANT ATTENDU EST ENFIN ARRIVÉ !
VRRRR
VRRRR

AH !
HÉ HÉ !
UNE BAGNOLE, UN MÉCANO, UNE MEUF...
D'UNE PIERRE TROIS COUPS !
N...
HAHAHAHAHAHA !
NOOON !
VIOUU
ATTENTION, CYLINDER ! TU VAS TOMBER !!

CYLINDER ?! ÇA VA ?
L'EAU ÉTAIT À LA BONNE TEMPÉRA-TURE ?
EUH... OUI, NICKEL !
UNE COPINE À TOI ?
ALORS, LA MISS, ON SE BALADE EN SERVIETTE ?
DIS DONC, TOI...
MAIS JE TE RECONNAIS, TU ES LE FUGITIF DE TOUT À L'HEURE ! ARRÊTE IMMÉDIA-TEMENT TON VÉHICULE !!
SINON JE TI...
...
HEIN ?
LA COURSE A DÉJÀ COM-MENCÉ...
JE NE M'ARRÊTERAI PAS SI FACI-LEMENT !
TANT PIS, TU RESTES AVEC NOUS POUR L'INSTANT...
GROS CUL !

ド
BLAM

JE SUIS PAS UN NABOT !
MON NOM, C'EST BARREL !!
EH BEN TU VOIS ...
TU SAIS Y METTRE LE TON, QUAND TU VEUX !
MOI, C'EST TRIGGER !

ELLE ROULE...
LA VOITURE QUE J'AI CONSTRUITE, ELLE ROULE !
JE NE SAIS PAS CE QUI SE PASSE...
NI QUI EST CE TYPE...
MAIS ÇA N'A PLUS D'IMPORTANCE, MAINTENANT !
MON RÊVE...
VRRRRR
EST EN TRAIN DE SE RÉALISER !
EH, LE NABOT !
C'EST QUOI, LE CHEMIN LE PLUS COURT POUR ALLER À CANTER ?!

BRAOUM
YAAAAA...
HOUUU!

VRROUM
CRR
POLICE
POLICE
QU'EST-CE QUE C'ÉTAIT ?!
TOUTE RÉSISTANCE EST INUTILE !
BARREL !
ÇA VA ?!
ZWIF
CLIC
BRR
C'EST QUOI...
VRRR
CE BRUIT ?
VROM

RUN DAY BURST, COURIR OU MOURIR !

DÉCIDE-TOI !
QU'EST-CE QUE TU PRÉFÈRES : DEVENIR LE MÉCANO D'UN PILOTE DE GÉNIE ET PARTIR À LA CONQUÊTE DU MONDE...
OU RÉPARER DES TAS DE FERRAILLE TOUTE TA VIE ET CREVER DANS CE TROU PAUMÉ ?

VOYONS MAINTE-NANT...
COMMENT ÇA SE PROFILE SUR LA GRILLE DE DÉPART !
LA COURSE VA BIENTÔT COMMEN-CER...
J'AI PLUS LE TEMPS POUR LA PARLOTTE !
TU FAIS COMME TU VEUX...
MAIS MOI, J'EMBARQUE TON ENGIN !
PRESQUE TOUS LES PARTICIPANTS SONT ARRIVÉS ...
ET TERMINENT LES DERNIERS RÉGLAGES.
PLUS DE 500 VÉHICULES DE TOUS TYPES, DES PLUS CLASSIQUES AUX PLUS ORI-GINAUX...
ATTENDENT AVEC IMPATIENCE LE SIGNAL DU DÉPART !

LE VILLAGE ...
DE CANTER !
CANTER ?!
C'EST LE BOURG D'À CÔTÉ...
...
...
BRR
PLUS QU'UNE HEURE AVANT LE GRAND DÉPART !
C'EST DE LA FOLIE ! VOUS N'IMAGINEZ PAS L'AMBIANCE ICI, CHERS AUDITEURS !!
BURST

"CHAUSSEZ VOS PNEUS !"
RUN DAY BURST
EH OUI, TANT QUE VOTRE VÉHICULE EST ÉQUIPÉ DE ROUES, TOUS LES COUPS SONT PERMIS !
IL N'Y A PAS D'AUTRE RÈGLE ! L'ITINÉRAIRE EST LIBRE...
LE PREMIER À FRANCHIR LA LIGNE D'ARRIVÉE, À L'AUTRE BOUT DU GLOBE, A GAGNÉ !
ET LA VILLE AYANT L'HONNEUR D'AVOIR ÉTÉ CHOISIE...
COMME DERNIÈRE ÉTAPE DE CETTE COURSE EXTRAORDINAIRE ...
N'EST AUTRE QUE LOSDON, LA MÉGAPOLE AUX FORÊTS SOMPTUEUSES ET AUX LACS AZURÉS !
LE DÉPART AURA LIEU ...
SUR LE CONTINENT EURACHEUS, À L'EXACT OPPOSÉ DE LOSDON...
DANS UN PETIT VILLAGE DU SUD DU MATALAÏ, AUX ÉTATS-UNIS DE RAMELITA...

ET C'EST AUJOURD'HUI MÊME, DANS QUELQUES INS-TANTS...
QUE VA DÉMARRER CET ÉVÉNEMENT HISTORIQUE !
INOUÏ ! PALPITANT ! BOULEVER-SANT !
LE RALLYE LE PLUS LONG DE TOUS LES TEMPS !
ET LE PREMIER PRIX...
N'EST AUTRE QUE LE JOYAU DALIGADRIGO ...
D'UNE VALEUR D'UN MIL-LIARD DE GEARS !
LES NOMS DU VAINQUEUR ET DE SA MACHINE ...
RETENTI-RONT DANS LE MONDE ENTIER...
ET RESTERONT GRAVÉS À JAMAIS DANS L'HISTOIRE DES COURSES AUTOMO-BILES !
WINNE
VOUS CONNAIS-SEZ TOUS ...
LE SLOGAN DE CETTE COMPÉTI-TION...

EH OUI, CHERS AUDITEURS !
AUJOURD'HUI, C'EST LE GRAND JOUR !
NOUS AVONS LA CHANCE D'ASSISTER EN DIRECT...
À L'AVENTURE D'UNE VIE... LA COURSE QUI TRAVERSE TOUS LES CONTINENTS, SILLONNE TOUS LES PAYS ET PARCOURT LA MOITIÉ DU GLOBE...
RUN DAY BURST !
RUN DAY ...
BURST ?

C'EST POUR FAIRE LA COURSE !
HEIN ?

ALORS VIENS AVEC MOI !
OUI, C'EST À TOI QUE JE PARLE !
MAIS NON, CRÉTIN !
MOI ?! PARTIR AVEC TOI ?! JAMAIS DE LA VIE !!
C'EST UN KIDNAPPING ?! UNE PRISE D'OTAGES ?! DE L'ESCLAVAGE ?!

FILE-MOI...
CETTE CAISSE !
QUOI ?!
バッ
EVIT
PAS QUESTION !!
TAC
PLAF

VRRR
ALORS JE T'INTERDIS DE...
VRRROM
FLAP
FLAP
VRRR
HMM...
VRRR
CLING
Y A LE PLEIN ?
HEIN ? EUH... OUI...
TAP

CE TRACTEUR, C'EST UN SOUVENIR DE MON PÈRE !
JE L'AI RÉPARÉ...
ET J'EN AI PROFITÉ POUR L'AMÉLIORER !
J'ADORE BRICOLER ...
LES MACHINES, ALORS...
JE VOULAIS VOIR JUSQU'OÙ J'ÉTAIS CAPABLE D'ALLER...
ET LE RÉSULTAT, C'EST CET ENGIN !
COMME JE NE SAIS PAS CONDUIRE...
JE N'AI ENCORE JAMAIS MIS LE CONTACT...
MAIS UN JOUR... UN JOUR...
BARRE

PFF...
HAHAHAHAHAHAHA !
UN MOTEUR D'AVION SUR UN TRACTEUR ?!
J'HALLUCINE ! C'EST QUOI, CE TRUC ?!
TU CROIS PEUT-ÊTRE QUE SI TU LUI METS DES AILES, IL VA S'ENVOLER ?!
QUELLE INVENTION DÉBILE ! HA HA HA !
TROP DRÔLE !
IS-
I !!

しゅ

ばっ
FLAP

ÇA GROUILLE DE POLICIERS...
QU'EST-CE QU'ILS RACONTENT ?
QU'EST-CE QUE V...
HEIN ?
SNIF
SNIF
SNIF
SNIF
SNIF
TAP
TAP

ユラ
VIOUU
—...
ドダ
PLAF
SACRÉE FAÇON DE TOMBER !!
EUH... ÇA VA ?!
TU ES CERNÉ !
SORS SANS FAIRE D'HISTOIRES !!

PON
PIN
CRR
PIN
CRII
J'AI DÛ RÊVER...
FSHH
...
QUOI ?!

BOUM
CLANG
CLANG

CRAC

CE N'EST PAS DANS CE DOMAINE-LÀ...
QUE JE VEUX ÊTRE LE NUMÉRO UN !
VRR
VRR

LE NUMÉRO UN...
CLIC カチ
HEIN...
LE BOU-LANGER NUMÉRO UN...
CRR ゴッ
DEMAIN, LE TEMPS SERA DÉGAGÉ SUR LA MOITIÉ SUD...
LE MÉTÉO-ROLOGISTE NUMÉRO UN ...
LE PRÉ-SENTATEUR NUMÉRO UN...
TANDIS QUE SUR LA MOITIÉ NORD, DES AVERSES...
L'AGENT DE POLICE NUMÉRO UN...
ATCHOU へっくし
LE RÉPARATEUR NUMÉRO UN...
...
...
DES VIEUX TAS DE FERRAILLE DU VILLAGE !
CLAP ぱしっ
...
ガタ CRR
SAUF QUE MOI...

MON PÈRE M'A DIT LA MÊME CHOSE, AVANT DE MOURIR...
BARREL
DEVI NUM
PROCHAIN ÉPISODE : "MENACE SUR LE TERRAIN DE FOOT" !
NE LE MANQUEZ SOUS AUCUN PRÉTEXTE !

ÉCOUTE BIEN, PETIT...
SI TU ES UN HOMME ...
ENS LE ÉRO 1 !

TOUT VA BIEN, PETIT ?
OUI, MERCI !
TU T'EN VAS DÉJÀ ?
BREAD
EH OUI... MA MISSION EST ACCOMPLIE !
MAINTENANT, JE COMPTE SUR TOI POUR DEVENIR...
LE MEILLEUR BOULANGER DU MONDE ! JE SAIS QUE TU EN ES CAPABLE...
J'AIME ...
CETTE SÉRIE !
J'AIME BIEN...
CROUIC
CROUIC
LA DEVISE DU HÉROS !

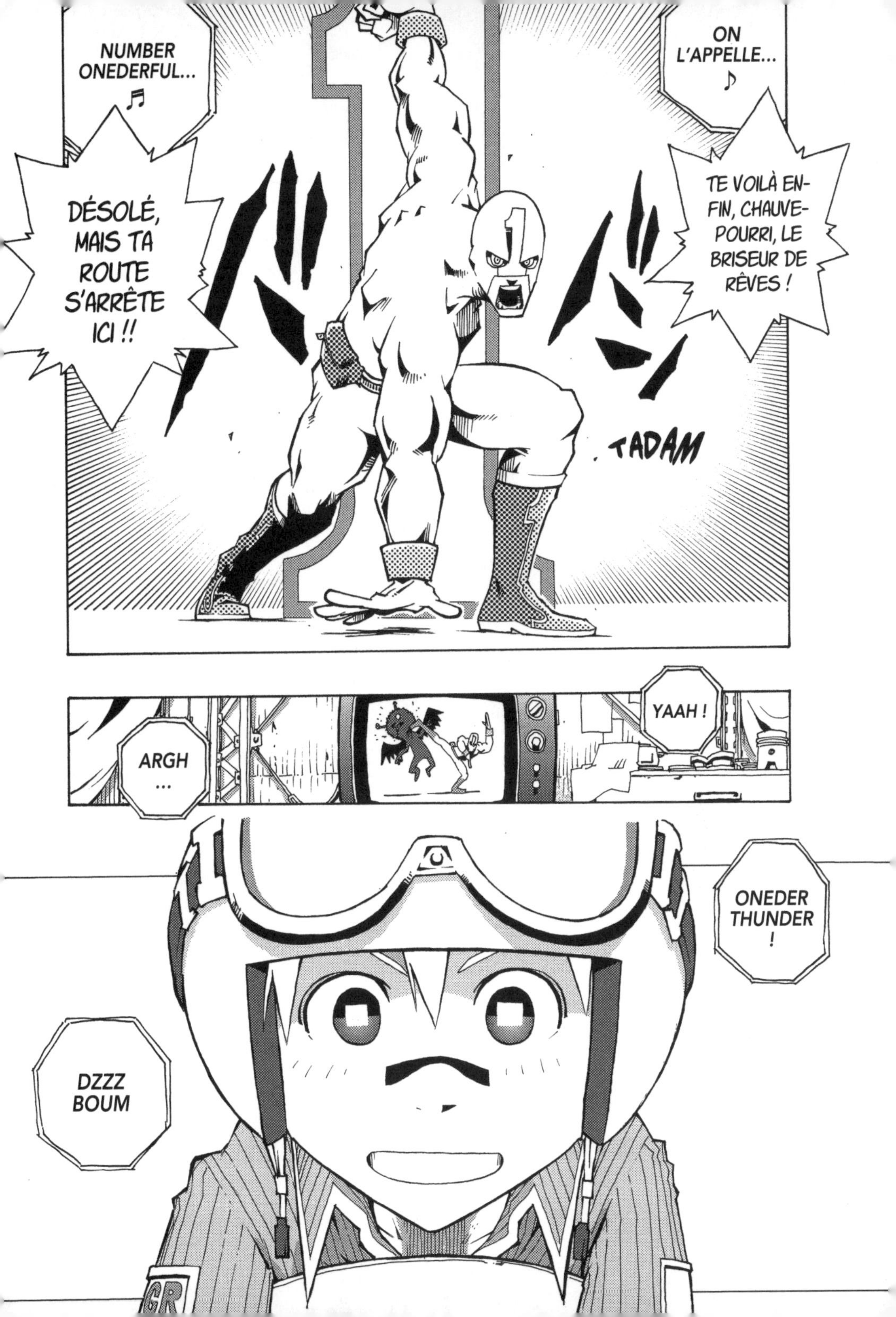
ON L'APPELLE... ♪
NUMBER ONEDERFUL... ♬
TE VOILÀ EN-FIN, CHAUVE-POURRI, LE BRISEUR DE RÊVES !
DÉSOLÉ, MAIS TA ROUTE S'ARRÊTE ICI !!
TADAM
YAAH !
ARGH ...
ONEDER THUNDER !
DZZZ BOUM

EUH... CYLINDER ?
JE... JE TE LAISSE UNE SERVIETTE ICI...
HEIN ? QUOI ?
AH, UNE SERVIETTE ? MERCI !
BARREL... TU ES UN GARÇON, TU SAIS...
TU DEVRAIS PARLER AVEC PLUS D'ASSURANCE !
...
TU AS RAISON...

TU CROIS... QUE MON UNIFORME VA ÊTRE SEC ?
PAS DE PROBLÈME !
AVEC MON HYPER-VENTILO...
WOOSH
FLAP
FLAP
CE SERA FAIT EN DIX MINUTES !
TANT MIEUX !
FSHH
IL FAUT VITE QUE JE RETOURNE ENCADRER LA FOULE...
ENCADRER LA FOULE ?
DE QUOI TU PARLES ?
TU N'ES PAS AU COURANT ?
DANS LE VILLAGE D'À CÔTÉ, IL VA Y AVOIR...
PLATCH
HIIII ! C'EST FROID !
POURQUOI Y A PLUS D'EAU CHAUDE ?!
BLAM
BLANG
...

PSHH
AAH...♡
HEUREUSEMENT QUE TU N'HABITES PAS LOIN !
JE POURSUIVAIS UN VÉHICULE EN FUITE ...
QUAND CE CHAT A SURGI DEVANT MOI !
J'AI VOULU L'ÉVITER ET JE ME SUIS RETROUVÉE DANS LE FOSSÉ...
PLIC
MERCI POUR LA DOUCHE !
...
PAS DE QUOI !

PFF...
ET ILS OSENT ME TRAITER DE GAMIN ?
EN TOUT CAS...
ÇA FAIT BEAUCOUP DE VÉHICULES BIZARRES EN UNE JOURNÉE !
...
UNE VOITURE DE POLICE ?
QU'EST-CE QUE TU FAIS LÀ...
CYLINDER ?

BLAM
MAIS...
C'EST QUOI, CE DÉLIRE ?!
PIN
PON
?!
PIN
PON
BLANG
VROOo
PON PIN PON PIN
SUPER !
UNE COURSE-POURSUITE !
POUT
POUT
ON LES SUIT !
C'EST MORT ! ON NE VA PAS ASSEZ VITE...
ALORS DESCEN-DEZ, VOUS DEUX !
T'ES VACHE !
POUT
POUT

DIS !

OH, À PROPOS DE NUMÉRO UN...
VOUS SAVEZ QUOI ?
BARREL REGARDE ENCORE "NUMBER ONEDER-FUL", ALORS QU'IL A DÉJÀ 12 ANS !
NUMBER ONEDER-FUL ?!
CE TRUC SUPER KITSCH ?!
PFF...
SÉRIEUX ?!
HA HA HA, C'EST POUR LES GAMINS !
J'AIME CETTE SÉRIE !
J'AIME BIEN...
LA DE-VISE DU HÉROS !
A...
ARRÊ-TEZ DE VOUS MOQUER ...
HEIN ? QUOI ?
J'EN-TENDS RIEN DE CE QUE TU...

MAIS QUI VOILÀ DONC ?
CE NE SERAIT PAS BARREL, LE FERRAILLEUR ?
POUT
POUT
POUT
...
LES TROIS CRÉTINS...
ENCORE SUR TON TAS DE FERRAILLE ?
POURTANT, LA CONDUITE ET TOI, ÇA FAIT DEUX !
TU T'ES ENCORE VAUTRÉ, NON ?
ET SI TU METTAIS DES PETITES ROUES SUR LES CÔTÉS ?
HA HA HA HA !
TU TOMBES BIEN !
TU POURRAIS ME RÉPARER CETTE RADIO ?
CLANG
OUPS, ELLE M'A GLISSÉ DES MAINS !
MAIS BON, C'EST PAS GRAVE... TU ES LE RÉPARATEUR NUMÉRO UN DU VILLAGE, APRÈS TOUT ! ♡
HÉ HÉ HÉ !
...
SI TU VEUX...

N'EMPÊCHE, C'EST RARE DE CROISER ...
CLANG
D'AUSSI GROS CAMIONS, PAR ICI...
C'EST FICHU, ON NE LE RAT-TRAPERA JAMAIS !
IL EST RAPIDE, POUR UN VÉHICULE DE CETTE TAILLE !
VROUM
VROUM
BOUCLEZ-LA ! C'EST DE VOTRE FAUTE... À TROIS, ON EST TROP LENTS !
TIENS, TIENS...
REGARDE UN PEU DEVANT TOI !
AH !
EH !
TUUT
BROOOM
CLANG
VROUM

TUT
VRRROUM
AAAH !
AÏE !
PLAF
BING
BAM
KOF
KOF
KOF
LRR LRR
カラ カラ
...

TIN TIN TIN !
ON L'APPELLE ...
NUMBER ONEDERFUL...
POUT
POUT
POUT
POUT
BARREL ! TU POURRAS VENIR JETER UN ŒIL À MA MACHINE À LAVER ?!
LE TAMBOUR TOURNE MAL, ET...
OK !
TIN...
TIN TIN !
VROUM
BROOOM

PFIOU ...
VOILÀ, C'EST RÉPARÉ !
ENCORE MERCI, BARREL !
DE RIEN !
CLING
J'ADORE BRICOLER LES MACHINES !
ELLES PEUVENT SERVIR DES ANNÉES, À CONDITION D'EN PRENDRE SOIN...
TIENS, C'EST POUR TOI !
DES POMMES DE TERRE QUE J'AI RAMASSÉES HIER !
BOUM
TOUT ÇA ? MERCI !
J'AI UN PEU AUGMENTÉ...
LA PUISSANCE DU MOTEUR DE VOTRE TONDEUSE ...
ALORS FAITES ATTENTION !
OK !
À LA PROCHAINE !
CLIC
QU...
VRRRM

NO.1
BARRE

#1 START !

ÇA Y EST !
LE MOMENT TANT ATTENDU EST ENFIN ARRIVÉ !
L'AVENTURE D'UNE VIE...
LA COURSE QUI TRAVERSE TOUS LES CONTINENTS, SILLONNE TOUS LES PAYS ET PAR-COURT LA MOITIÉ DU GLOBE...
RUN DAY BURST !
ET LE FEU DU DÉPART ...
VIENT DE PASSER AU VERT !!
TROIS ...
DEUX...
UN...
CRIII

RUN day BURST
ラン・デイ・バースト
1
RdB

RUN day BURST
ラン・デイ・バースト
1
R&R
R/B